著作权合同登记号　图字 01—2020—6167

图书在版编目（CIP）数据

伊卡狛格／（英）J.K.罗琳著；马爱农译.—北京：人民文学出版社，2020
ISBN 978-7-02-016691-6

Ⅰ.①伊… Ⅱ.①J… ②马… Ⅲ.①儿童小说—长篇小说—英国—现代 Ⅳ.①I561.84

中国版本图书馆CIP数据核字（2020）第198304号

策划编辑　王瑞琴
责任编辑　马　博
装帧设计　刘　静
责任印制　史　帅

出版发行　人民文学出版社
社　　址　北京市朝内大街166号
邮政编码　100705
网　　址　http://www.rw-cn.com

印　　刷　北京盛通印刷股份有限公司
经　　销　全国新华书店等

字　　数　17千字
开　　本　890毫米×1290毫米　1/32
印　　张　9.75
印　　数　1—200000
版　　次　2020年11月北京第1版
印　　次　2020年11月第1次印刷

书　　号　978-7-02-016691-6
定　　价　59.00元

如有印装质量问题，请与本社图书销售中心调换。电话：010-65233595

J. K. ROWLING

〔英〕J.K. 罗琳 /著 马爱农 /译

书中插图来自《伊卡狛格》
插图征集大赛获奖作品

人民文学出版社
PEOPLE'S LITERATURE PUBLISHING HOUSE

献给

麦肯琦·简

这一直是她钟爱的故事，
十年来她都在敦促我把它写好；
梅根·巴恩斯
和
帕特里克·巴恩斯，
永远怀念
丽莎的芝士蛋糕和美洲驼；
当然，还有两位神奇的黛西，
黛西·古德温
和
黛西·莫里，
她们是 QSC 引以为傲的两个女儿

序　言

　　很久以前,我就有了创作《伊卡狍格》(Ickabog)的想法。"Ickabog"一词源于"Ichabod",意为"没有荣耀"或"荣耀已逝"。我想,你们读完故事后就会明白我为什么选择这个名字了,这个故事的主题是我一直很感兴趣的。我们想象出的怪物,会揭示关于我们自身的什么呢?如果邪恶控制了一个人或一个国家,会发生怎样的情况,要怎样才能把它打败? 为什么人们会选择相信谎言,哪怕证据不足或根本没有证据?

　　《伊卡狍格》是在创作"哈利·波特"系列期间断断续续地写就的。故事从未做过重大的修改。开头总是可怜的多夫泰夫人不幸离世,结尾总是……好吧,我就不剧透了,万一你是第一次读到它呢!

　　我的两个孩子年幼的时候,我把这个故事读给他们听,但从来没有读完过,这让麦肯琦感到非常失望,因为这是她最喜欢的故事。我在完成"哈利·波特"系列之后,五年没有创作,当我决定不再出版儿童读物时,尚未完成的《伊卡狍格》就被束之高阁了。它被封存了十多年,如果不是新冠病毒大流行,数百万儿童被困在家中,不能上学或见朋友,它至今可能还不见天日。在这特殊时期,我产生了一个想法:把这个故事免费放到网上,让孩子们给它画插图。

那个落满灰尘的箱子从阁楼搬了下来，里面装着打字和手写的书稿，我开始工作了。我那两个十多岁的孩子曾是我的第一听众，每晚我差不多写完一章时，他们就迫不及待地听我读给他们听。他们经常会问我，为什么要删掉他们曾经很喜欢的内容，我惊讶他们竟然记得这么清楚，自然也就把他们怀念的一切都原样恢复。

我除了要感谢家人的支持，还要感谢在如此短的时间里帮助我把《伊卡狍格》放到网上的那些人：我的编辑阿瑟·莱文和露丝·奥泰姆斯，布莱尔公司的詹姆斯·麦克奈特，我的管理团队——丽贝卡·索尔特、尼基·斯通希尔和马克·哈钦森，以及我的经纪人尼尔·布莱尔。所有相关人员都做出了巨大的努力，我对此十分感激。我还想感谢每一个提交画作、参加插图比赛的孩子（偶尔还有成人！）。浏览这些作品是一种享受，我知道不止我一个人为其中所展现的才华而惊叹。我愿意相信，《伊卡狍格》为一些未来的艺术家和插画家提供了第一次公开亮相的机会。

再次回到丰饶角王国，完成我很久以前开始的作品，是我写作生涯中最有意义的经历之一。剩下要说的就是，我希望你们喜欢阅读这个故事，就像我当初喜欢写它一样！

J.K. 罗琳

2020 年 7 月

目　录

目 录

第1章

勇敢的弗雷德国王

从前，有一个小国家叫丰饶角，世世代代都由一个接一个的黄头发国王统治着。我写的这个故事发生时，丰饶角国王的名字叫勇敢的弗雷德。他在继承王位的那天早晨，宣布给自己的名字前面加上"勇敢的"，这一半是因为"勇敢的弗雷德"读起来很顺口，一半是因为他有一次独自打死了一只黄蜂——如果不算当时的五个侍从和那个擦皮鞋小男孩的话。

勇敢的弗雷德的加冕典礼特别轰动。他有一头漂亮的黄色卷发和一副好看的大胡子，穿着紧身马裤、天鹅绒上衣，还有当时富人们穿的那种带荷叶边的衬衫，看上去别提多气派了。人们都说弗雷德慷慨大度，每当有人看见他，他就笑眯眯地挥手。他的肖像被发到全国各地，挂在各个市政厅里，肖像上的他显得特别帅气。丰饶角的国民对这位新国王十分满意，好多人都认为他会比他的父亲还称职，他的父亲叫正义的理查德，嘴里的牙齿很不整齐（不过当时谁也不会提到这一点）。

弗雷德国王发现统治丰饶角非常容易，就暗中松了口气。

实际上，整个国家好像是在自己运转。几乎每个人都有吃不完的食物，商人挣的钱数也数不清，即使有了什么小麻烦，也有弗雷德的那些顾问负责处理。弗雷德要做的，就是每次坐马车出去狩猎时，朝他的臣民们露出灿烂的微笑。他一星期要狩猎五次，带着他两个最好的朋友，斯皮沃爵爷和弗拉蓬爵爷。

斯皮沃和弗拉蓬在乡下都有自己的大庄园，但是他们发现，跟国王一起住在王宫里要省钱得多、有趣得多。他们吃国王的饭，打国王的鹿，还要保证国王不对朝廷里的任何一个漂亮女人动心。他们可不希望看到弗雷德结婚，如果有了一位王后，他们的所有乐趣可就毁了。有一段时间，弗雷德似乎蛮喜欢艾斯兰达小姐；弗雷德是个黄头发的帅小伙，艾斯兰达是个黑头发的美姑娘，可是斯皮沃对弗雷德说，艾斯兰达太严肃、太学究气了，老百姓恐怕不会喜欢这样一位王后。弗雷德不知道，斯皮沃爵爷其实是记恨艾斯兰达小姐——他曾经想让艾斯兰达嫁给他自己，可是艾斯兰达拒绝了。

斯皮沃爵爷非常瘦，为人机灵、狡猾。他的朋友弗拉蓬是个红脸膛，身材特别肥胖，要六个大汉一起用力，才能把他抬上他的那匹栗色大马。弗拉蓬虽然不如斯皮沃聪明，但脑瓜也比国王灵活得多。

两位爵爷都特别擅长拍马屁，他们假装惊讶地称赞国王做什么都很厉害，从骑马到拍画片。要说斯皮沃有什么特别的本领，就是能说服国王去做让他斯皮沃称心如意的事情；要说弗拉蓬有什么天赋，就是能让国王相信，世界上谁也比不上他们两位好朋友这样对他忠心耿耿。

弗雷德认为斯皮沃和弗拉蓬都是一等一的好人。他们鼓动他举办豪华的派对、精美的野餐、丰盛的宴会，因为丰饶角的美食声名远播。它的每座城市都有一种出名的美食，而且每种美食都是世界顶尖的。

丰饶角的国都是甘蓝城，位于王国的南部，周围是一望无际的果园、麦浪滚滚的金黄色田野，和翠绿翠绿的草地，草地上有雪白的奶牛在吃草。农人们在这些土地上生产出来的奶油、面粉和水果，被送到甘蓝城那些手艺非凡的面包师手里，制作成各种糕点。

如果你愿意的话，请想一想你吃过的最美味的蛋糕和饼干。好吧，我告诉你，它们在甘蓝城简直都不配被端上台面。如果一个成年男人在吃一块甘蓝城的糕点时，眼睛里没有冒出喜悦的泪花，这种糕点就会被认为不成功，不会再做了。甘蓝城的糕点铺橱窗里，高高地堆着各种美味糕点，有"少女的梦想""仙女的摇篮"，还有名气最大的"天堂的希望"，它们简直太精致、太好吃了，是特殊场合的保留节目，每个人吃的时候都会开心地大叫起来。邻国普里塔的国王普菲里奥曾经给弗雷德国王送来一封信，说弗雷德可以从他的女儿当中随便挑选一位娶过来，而作为交换，弗雷德要保证他一辈子都能吃到"天堂的希望"，可是，斯皮沃建议弗雷德把普里塔的大使当面取笑一番。

"他的女儿远远没那么漂亮，不配交换'天堂的希望'，陛下！"斯皮沃说。

丰饶角的国都是甘蓝城，位于王国的南部，
周围是一望无际的果园、麦浪滚滚的金黄色田野，
和翠绿翠绿的草地，草地上有雪白的奶牛在吃草。

钱心语　11岁

在甘蓝城的北边，是更多碧绿的田野，和清澈的、波光闪闪的河流，那里养着黑漆漆的奶牛和悠然自得的小粉猪。这些都是提供给两座双子城——美酪城和男爵城的。隔开这两座城市的，是丰饶角的主要大河——飞流河上的一座石拱桥，河面上，五彩斑斓的大货船满载着货物，从王国的一头运到另一头。

美酪城出名的是它的奶酪：白色巨轮奶酪、橘色炮弹浓奶酪、蓝纹脆皮大奶酪，还有比天鹅绒还要丝滑的宝宝奶油小奶酪。

男爵城出名的是它的烟熏火腿和蜜汁烤火腿，它的熏猪肋肉、它的麻辣香肠，和它的入口即化的牛排及鹿肉馅饼。

男爵城的红砖炉子烟囱里冒出的诱人香气，和美酪城的奶酪店门里飘出的浓郁香味混合在一起，方圆四十英里内的任何人吸着这美味的空气都不可能不流下口水。

从美酪城和男爵城往北走几个小时，是一望无际的葡萄园，结的葡萄有鸡蛋那么大，每一颗都饱满多汁，味道甜美。再往前走，当天就能走到那座以葡萄酒闻名的花岗岩城市——酒香城。酒香城的空气啊，据说你在大街上走一走就醉了。上好的葡萄酒能换回成千上万的金币，酒香城的葡萄酒商是王国里最有钱的一批人。

可是在酒香城往北一点的地方，一件奇怪的事情发生了。就好像丰饶角神奇的肥沃土壤，在生产出世界上最好的草地、最好的水果和最好的麦子之后，它的魔法一下子耗尽了似的。就在北边那个角上，是一个名叫沼泽乡的地方，地里长出的只有一些嚼不动的、没有味道的蘑菇，还有枯瘦的野草，只能勉强养活几头脏兮兮的绵羊。

沼泽乡的牧羊人们，外表不像酒香城、男爵城、美酪城和甘蓝城的市民那样，看起来干净整洁，胖乎乎的，衣着体面。他们都很瘦，穿得破破烂烂。他们那些营养不良的羊，不管是在丰饶角还是在国外都卖不出好价钱，所以沼泽乡人没有几个尝到过丰饶角美味的葡萄酒、奶酪、牛排和糕点。沼泽乡人最常吃的是一种油腻的羊肉汤，是用那些老得卖不出去的羊做的。

丰饶角其他城市的人都把沼泽乡人看成一群怪物——肮脏，没礼貌，脾气暴躁。他们说话嗓音很粗，丰饶角的其他人学他们说话，听起来像是哑嗓子的老羊在叫。人们还拿他们的粗鲁和愚钝开玩笑。在丰饶角的其他人看来，沼泽乡只有一件事让人难忘，那就是伊卡狛格的传说。

第2章

伊卡狛格

伊卡狛格的传说，是沼泽乡的人们祖祖辈辈传下来的，它口口相传，一直传到了甘蓝城。如今，大家都知道了这个故事。当然啦，跟所有的传说一样，根据讲的人不同，它会有一点变化。不过，每个故事版本里都有一头大怪物，住在丰饶角最北边的那个角上，那里是一大片黑乎乎的、经常浓雾弥漫的沼泽地，非常危险，没有人敢进去。据说那怪物吃小孩子和羊。有时，它甚至把夜里不小心靠近沼泽地的成年人也拖走了。

伊卡狛格的习性和外表总是在变化，这取决于是谁在描述它。有人说它像蛇，有人说它像火龙或者狼。有人说它会吼叫，有人说它发出咝咝的声音，还有人说它悄没声地飘来飘去，就像突然间降落在沼泽地上的浓雾。

人们说，伊卡狛格有着不同寻常的绝招。它能模仿人的声音，引诱旅行者落进它的圈套。如果你想杀死它，它会用神奇的办法复原，或者分裂成两个伊卡狛格。它还会飞，会喷火，会吐毒液——伊卡狛格的能力到底有多厉害，全看讲故事者的想象力有多丰富了。

"我干活的时候，你千万别离开花园。"整个王国里的家长都会这样告诉他们的孩子，"不然伊卡狍格会把你抓走，一口吃掉的！"全国各地的男孩女孩们都会玩跟伊卡狍格作战的游戏，用伊卡狍格的故事吓唬对方，而且，如果故事讲得太逼真，他们夜里还会做噩梦，梦见伊卡狍格。

伯特·比米希就是这样一个小男孩。一天晚上，多夫泰一家过来吃晚饭，多夫泰先生给大家讲了点新鲜事，据说是伊卡狍格的最新消息。那天夜里，五岁的伯特哭着醒了过来，吓得要命，他梦见自己在沼泽地里越陷越深，而那怪物正用一双白色的大眼睛从雾蒙蒙的沼泽地上瞪着他。

"没事，没事。"他妈妈拿着一根蜡烛，踮着脚走进他的房间，把他抱在腿上前后摇晃着，轻轻地说道，"没有什么伊卡狍格，伯特乖乖。只是一个编出来的故事。"

"可—可是多夫泰先生说，羊—羊丢了！"伯特哭得直抽噎。

"是丢了，"比米希太太说，"但不是因为怪物把它们叼走了。羊是没头脑的动物。它们到处乱走，在沼泽地里迷了路。"

"可—可是多夫泰先生说，人—人也不见了！"

"那些人只是脑子不够用，才在夜里不小心走到了沼泽地里。"比米希太太说，"好了，别说话啦，伯特乖乖，没有什么怪物。"

"可是多—多夫泰先生说，有—有人听见窗户外面有说话声，到了早晨，鸡就不见了！"

比米希太太忍不住笑了起来。

"他们听见的说话声就是普普通通的小偷，伯特乖乖。在北边的沼泽乡，人们总是互相偷东西。把事情怪到伊卡狛格的头上，比承认邻居偷东西省事多了！"

"偷东西？"伯特抽了口冷气，从妈妈的腿上坐起来，用严肃的眼睛望着她，"偷东西很不乖，是不是，妈妈？"

"确实很不乖。"比米希太太说，她把伯特抱起来，轻轻放回到他温暖的床上，给他掖好被子，"幸好，我们跟那些不守规矩的沼泽乡人不住在一起。"

她拿起蜡烛，踮着脚朝卧室门口走去。

"晚安，晚安，小宝宝。"她在门口轻声说。她一般还会加上一句"别让伊卡狛格把你咬"，丰饶角的父母在哄孩子睡觉时都会对他们这么说，但今天她说的是："睡个好觉。"

伯特又睡着了，梦里再也没有看见怪物。

事实上，多夫泰先生和比米希太太是特别好的朋友。他们上学的时候是一个班的，彼此几乎认识一辈子了。多夫泰先生听说自己让小伯特做噩梦了，心里很过意不去。他是甘蓝城里最优秀的木匠，就决定用木头给小男孩刻一个伊卡狛格。这个伊卡狛格笑嘻嘻地张着大嘴，嘴里全是牙齿，它还有一双带爪子的大脚，立刻就成了伯特最心爱的玩具。

如果伯特，或者他的父母，或者隔壁的多夫泰一家，或者整个丰饶角王国的其他任何人，听说就因为这个伊卡狛格的传说，丰饶角将会被可怕的灾祸吞没，他们肯定会哈哈大笑。他们生活在世界上最幸福的王国里，伊卡狛格能造成什么祸害呢？

第3章

女裁缝之死

　　比米希家和多夫泰家都住在一个叫城中城的地方。这是甘蓝城的一部分，所有为弗雷德国王干活的人都在这里拥有房子。花匠、厨子、听差、男裁缝、女裁缝、石匠、马夫、木匠、男仆和女仆：他们都住在宫廷外面一座座排列整齐的小房子里。

　　一堵高高的大白墙把城中城跟甘蓝城的其他地方隔开，墙上的那道门白天开着，让住在里面的人到甘蓝城的其他地方去看望亲友，逛逛集市。夜里，厚重的大门就关闭了，城中城里的每个人都像国王一样，在皇家卫队的保护下进入梦乡。

　　伯特的爸爸，也就是比米希少校，是皇家卫队的队长。他是一个相貌英俊、性情快活的男人，骑一匹青灰色的骏马，陪着弗雷德国王、斯皮沃爵爷和弗拉蓬爵爷出去狩猎，一般是每星期五次。国王喜欢比米希少校，也喜欢伯特的妈妈，因为伯莎·比米希是国王私人御用的糕点师，这是一个很高的荣誉，要知道城里有那么多世界一流的面包师呢。伯莎有一个习惯，会把做得不是百分之百完美的花式糕点拿回家，所以伯特就吃成了一个小胖子。说来遗憾，有时候别的孩子管他叫"黄油球"，把他气得直哭。

伯特最好的朋友是黛西·多夫泰。两个孩子出生的日子只差几天，他们不只是玩伴，更像是一对兄妹。伯特受欺负时，黛西站出来保护他。黛西瘦瘦的，但反应很快，只要有人叫伯特"黄油球"，她就会毫不犹豫地冲上去打架。

黛西的爸爸叫丹·多夫泰，是国王的木匠，给国王的马车修车轮、换车轴。多夫泰先生的木刻手艺高超，王宫里的一些家具也是他做的。

黛西的妈妈叫朵拉·多夫泰，是王宫的首席女裁缝——这也是一个很尊贵的职位，因为弗雷德国王喜欢漂亮衣服，养了一大批裁缝，他们每个月都忙着给他做新衣服。

正是因为国王这样喜欢华丽的服饰，导致了一件严重的事故，之后书里写到丰饶角王国历史的时候都会记录这件事，并把它看成是摧毁这个幸福小王国的所有灾难的导火索。事情发生的时候，只有城中城里的少数人知道，但是对有些人来说，这是一场可怕的悲剧。

事情是这样的。

普里塔的国王要来正式拜见弗雷德（也许，他仍然希望用自己的一个女儿换得一辈子的"天堂的希望"），弗雷德决定专门为此做一套新衣服：暗紫色面料，缝上银花边，纽扣是紫水晶的，袖口镶有灰色的皮毛。

这个时候，弗雷德国王听说首席女裁缝身体不太舒服，但

弗雷德决定专门为此做一套新衣服：暗紫色面料，
缝上银花边，纽扣是紫水晶的，袖口镶有灰色的皮毛。

骆言　11岁

他没怎么往心里去。除了黛西的妈妈，他不相信任何人能把银花边缝得那么漂亮，因此吩咐不许把这项工作交给别人。结果，黛西的妈妈接连三个晚上没睡觉，想在普里塔国王来访前把这件紫衣袍赶出来。在第四天的黎明，她的助手发现她躺在地上，已经死了，手里还攥着最后一颗紫水晶纽扣。

国王的首席顾问来报告这一消息时，弗雷德还在吃早饭。首席顾问是一位聪慧的老人，名叫海林布，银色的胡子几乎垂到了膝盖上。他解释了首席女裁缝是怎么死的，然后说道：

"但我相信，我们能找到另一位女士来帮陛下缝好最后一颗纽扣。"

海林布的眼睛里有一种神情，弗雷德国王看着不太喜欢。那神情使他胃里产生了一种蠕动的感觉。

那天上午，侍衣官帮他穿上那件新的紫衣袍时，弗雷德跟斯皮沃和弗拉蓬两位爵爷谈起了这件事，想减轻自己心里的内疚。

"我的意思是，如果我知道她病得很重，"弗雷德气喘吁吁地说，几个仆人使劲把他塞进那条紧身的缎子马裤，"我自然会让别人来缝衣服。"

"陛下太仁慈了。"斯皮沃在壁炉上方的镜子里打量着自己灰黄的脸色，说道，"从来没有比您心肠更软的君王了。"

"那女人如果感觉不舒服，应该说出来。"弗拉蓬坐在窗边的软垫椅子里，嘟囔道，"如果她没力气干活，就应该实话实说。细究起来，这是对国王陛下的不忠。至少是对您衣服的不忠。"

"弗拉蓬说得对。"斯皮沃说着,从镜子前转过身,"没有人能比您对仆人更好了,陛下。"

"我确实对他们很好,不是吗?"弗雷德国王不安地说,他使劲把肚子瘪下去,让侍衣官给他扣上紫水晶纽扣,"毕竟,伙计们,我今天必须拿出最好的样子,不是吗?你们知道普里塔国王向来是多么讲究穿着!"

"如果您穿得不如普里塔国王考究,那将是整个王国的耻辱。"斯皮沃说。

"陛下,您就别再想这件不幸的事情了。"弗拉蓬说,"没有理由让一个不忠的女裁缝破坏一个阳光灿烂的日子。"

虽然两位爵爷这样劝说,弗雷德国王的心里还是感到有些不安。也许是他的错觉吧,他总觉得艾斯兰达小姐那天看上去特别严肃。仆人们的笑容也比较冷淡,女仆们行屈膝礼时也没有那么到位。那天晚上,王宫里设宴款待普里塔国王时,弗雷德总是忍不住想起那个女裁缝,她躺在地上死了,手里攥着最后一颗紫水晶纽扣。

那天夜里弗雷德睡觉前,海林布敲响了他卧房的门,首席顾问深深地鞠了一躬,然后问国王是不是打算给多夫泰太太的葬礼送花圈。

"哦——哦,要送!"弗雷德吃了一惊,说道,"要送,送一个大花圈,写上'致以哀悼'之类,你知道的。你能安排妥当的,是不是,海林布?"

"没问题,陛下。"首席顾问说,"还有——请允许我问一

句 —— 您打算看望一下女裁缝的家人吗？您知道，他们就住在离王宫大门不远的地方。"

"看望他们？"国王沉吟着说，"哦，不，海林布，我想我还是不去了吧 —— 我的意思是，我相信他们并不认为我会去。"

海林布和国王互相对视了几秒钟，然后首席顾问鞠了一躬，离开了房间。

平常大家都对弗雷德国王说他是一个多么出色的人，他听惯了那样的话，实在不喜欢首席顾问离开时皱着眉头的样子。现在他不再感到羞愧，而开始感到恼火了。

"这件事很遗憾，"他转过身来，继续对着镜子进行睡前的胡须梳理，一边对镜子里的自己说，"可是说到根本，我是堂堂的国王，她是一个女裁缝。如果我死了，我不会指望她来 ——"

然而他突然想到，如果他死了，他会希望整个丰饶角的老百姓都停下手头的事情，穿上黑衣服，为他哭泣一个星期，就像他的父王正义的理查德死后，人们所做的那样。

"咳，反正，"他不耐烦地对镜子里的自己说，"生活总要继续。"

他戴上丝绸睡帽，爬到他的四柱床上，吹灭蜡烛，睡着了。

第 4 章

静悄悄的房子

　　多夫泰太太被埋葬在城中城的墓地里，祖祖辈辈的皇家仆人都在这里安息。黛西和她的爸爸手拉着手，低头看着坟墓，站了很长时间。伯特跟着泪汪汪的妈妈和脸色阴沉的爸爸慢慢离开时，不住地回头看黛西。伯特想对他最好的朋友说几句话，可是这件事太悲惨、太可怕了，说什么话都不合适。伯特根本不敢想象，如果是他的妈妈永远消失在冰冷、坚硬的泥土里，他会是什么感觉。

　　朋友们都离开后，多夫泰先生把国王送的紫色花圈从多夫泰夫人的墓碑上拿开，换上了黛西那天早上采的一小束雪花莲。然后，多夫泰父女俩慢慢地走回家，回到他们知道再也不会跟原来一样的房子里。

　　葬礼过后一星期，国王带着皇家卫队一起骑马出去狩猎。跟平常一样，沿路的每个人都跑出门来，在自家的花园里鞠躬、行屈膝礼、大声欢呼。国王朝人们鞠躬和挥手时，注意到一座小房子前面的花园里空荡荡的，窗户和前门上都挂着黑色的帘子。

"那里住的是谁？"他问比米希少校。

"那是 — 那是多夫泰家，陛下。"比米希说。

"多夫泰，多夫泰。"国王说着，皱起了眉头，"我听说过这个名字，是不是？"

"嗯 …… 是的，陛下。"比米希少校说，"多夫泰先生是陛下的木匠，多夫泰太太是 —— 曾经是 —— 陛下的首席女裁缝。"

"啊，没错，"弗雷德国王赶紧说道，"我 — 我想起来了。"

他让他的那匹奶白色战马跑了起来，快速地经过多夫泰家挂着黑帘子的窗户，他尽量不去想别的事，只想着眼前狩猎的一天。

可是从那以后，国王每次出去，眼睛都忍不住盯着多夫泰家空荡荡的花园和挂着黑帘子的门，每次看见那座小房子，他脑海里就浮现出死去的首席女裁缝，而她手里还攥着那颗紫水晶纽扣。最后，他再也无法忍受，就把首席顾问召了过来。

"海林布，"他说，没有去看老人的眼睛，"在去往猎园的路上，角落那儿有一户人家。蛮漂亮的房子，挺大的花园。"

"是多夫泰家，陛下。"

"哦，是他们住在那儿吗？"弗雷德国王轻描淡写地说，"嗯，我突然想到，对一个小家庭来说，那座房子实在有点大了。我好像听说他们家只有两个人，是不是这样？"

"一点不错，陛下。只有两个人，那位母亲 ——"

"这看上去不太公平，海林布，"弗雷德国王大声说，"那座漂亮、宽敞的房子里只住着两个人，我相信，家里有五六个孩子的人家肯定愿意住房面积大一点。"

"您希望我让多夫泰家搬走吗，陛下？"

"是的，没错。"弗雷德国王说，假装突然对缎子鞋的鞋尖产生了浓厚的兴趣。

"好的，陛下。"首席顾问说着，深深地鞠了一躬，"我叫他们跟罗奇家换房子，我相信罗奇家愿意住得宽敞一些，我让多夫泰住到罗奇家的房子里去。"

"那位置在哪儿呢？"国王不安地问，他可不愿意看到那些黑帘子离王宫的大门更近了。

"就在城中城的边上。"首席顾问说，"离墓地很近，在——"

"听起来很合适。"弗雷德国王打断了他的话，站起身来，"我不需要听细节。快去办吧，海林布，你办事我放心。"

就这样，黛西和她爸爸奉命跟罗奇上尉家换了房子，罗奇上尉跟伯特的爸爸一样，也是皇家卫队的成员。下一次国王骑马出来的时候，门上的黑帘子消失了，罗奇家的孩子——四个结实健壮的男孩，就是他们最先给伯特·比米希起了"黄油球"的绰号——跑进门前的花园，跳上跳下，大声欢呼，手里挥着丰饶角的国旗。国王满脸是笑，朝孩子们挥手。一星期又一星期过去了，弗雷德国王把多夫泰一家忘到了脑后，又过起了快乐的日子。

第5章

黛西·多夫泰

多夫泰太太意外惨死之后的几个月里，国王的仆人们分成了两派。第一派小声议论说，她那样不幸死去都怪弗雷德国王。第二派更愿意相信其中有某种误会，国王下令让多夫泰太太必须给他缝完衣服时，不可能知道她病得有多严重。

糕点师比米希太太就属于第二派。国王一向对比米希太太非常好，有时甚至还把她请到餐桌上，祝贺她的这一批"公爵的喜悦"或"浮华的幻想"做得特别好吃，所以她相信国王是一个善良、慷慨、善解人意的男人。

"你记住我的话吧，准是有人忘记给国王传口信了。"她对她的丈夫比米希少校说，"国王从来不让生病的仆人干活。发生了这种事情，我知道他肯定难过得要命。"

"是啊，"比米希少校说，"这我相信。"

比米希少校像他的妻子一样，愿意把国王往好处想，因为他的爸爸和他的爷爷都曾忠心耿耿地在皇家卫队效力。所以，比米希少校虽然发现弗雷德国王在多夫泰太太死后好像过得还蛮快活，照常出去狩猎，而且比米希少校也知道多夫泰一家奉命搬出了原来的房子，住到了墓地边上，但他还是尽量相信国王真心为女裁缝的遭遇感到难过，相信让父女俩搬家的事跟国王没有任何关系。

多夫泰一家新搬进的房子很昏暗。阳光被墓地周围高大的紫杉树挡住了，不过从黛西的卧室窗户望出去，透过黑黢黢的树枝缝隙，能清楚地看到她妈妈的坟墓。现在黛西跟伯特不再是邻居，闲暇时见他的机会就少了，伯特倒是一有空就来看她。黛西新家的花园很小，没有多少地方可玩，他们就把游戏调整了一下。

多夫泰先生对于搬家和国王是怎么想的呢，谁也不知道。他从来不跟一起干活的仆人聊这些事情，只是默默地做工、挣钱，养活女儿，尽力把失去妈妈的黛西独自抚养长大。

黛西喜欢在木匠作坊里帮爸爸干活，穿着工作服时总是最开心。她向来不介意把身上弄脏，对穿衣打扮不感兴趣。可是在葬礼之后的日子里，她每天都穿上不同的裙子，给妈妈的坟墓上送去一束新采的鲜花。多夫泰太太活着的时候，总是想让女儿看上去——用她的话说——"像个小淑女"，于是给女儿做了许多漂亮的小裙子，有时是用边角料做的，她给弗雷德国王做完华丽的服装后，弗雷德很大方地让她留下了那些边角料。

就这样，一个星期过去了，然后是一个月，然后是一年，最后，黛西的妈妈给她做的裙子都小了，但黛西仍然把它们仔细地收藏在衣橱里。其他人似乎已经忘记了黛西的遭遇，或者已经习惯了她妈妈不在人世。黛西自己也假装习惯了。表面上，她的生活差不多恢复了正常。她在作坊里帮爸爸干活，做家庭作业，跟好朋友伯特一起玩儿，但是他们从来不说起她妈妈，也从来不谈论国王。每天夜里，黛西躺在床上，眼睛盯着远处月光下亮闪闪的白色墓碑，直到自己进入梦乡。

第 6 章

庭院里的风波

王宫后面有一个庭院，里面有孔雀走来走去，有喷泉在喷水，还有历代国王和王后的雕像在站岗。宫里仆人们的孩子，只要不揪孔雀尾巴，不跳进喷泉，不爬到雕像上去，就可以放学以后在庭院里玩耍。艾斯兰达小姐很喜欢小孩子，有时会过来和他们一起用雏菊编花环，但最让人兴奋的是弗雷德国王走到阳台上朝他们招手，每当这时，孩子们都像父母教他们的那样，大声欢呼、鞠躬、行屈膝礼。

唯一让孩子们安静下来，不再玩跳房子，不再假装跟伊卡狍格作战的，是斯皮沃和弗拉蓬爵爷经过庭院的时候。两位爵爷打心眼里不喜欢小孩子。他们认为，这些小捣蛋鬼在下午发出的声音太吵闹了，那会儿正是斯皮沃和弗拉蓬刚打完猎，想在晚饭前打个盹儿的时候。

在伯特和黛西过完七岁生日后不久的一天，大家都像往常一样在喷泉和孔雀间玩耍，新任首席女裁缝的女儿穿着一条漂亮的淡粉红色锦缎裙子，说道：

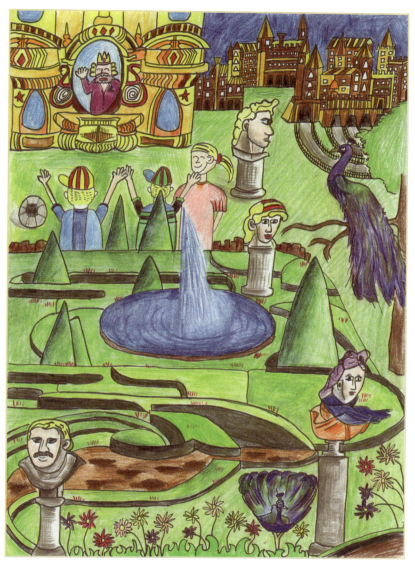

王宫后面有一个庭院，里面有孔雀走来走去，
有喷泉在喷水，还有历代国王和王后的雕像在站岗。

王柘晰　11岁

"哦，我真希望国王今天朝我们招手啊！"

"哼，我才不希望呢。"黛西说，她没管住自己的舌头，也没意识到自己的声音有多响。

孩子们都大吃一惊，转过脸来看着她。黛西看到他们都盯着自己，感到身上一阵热一阵冷。

"你不应该说这话。"伯特小声说。他就站在黛西旁边，所以其他孩子也用眼睛盯着他。

"我不管。"黛西说，血色涌上了她的脸；既然开了头，她就索性把话都说出来，"要不是他把我妈妈使唤得那么狠，我妈妈现在还活着呢。"

黛西感到这话已经在她心里憋了很长时间，似乎早就想说出来了。

周围的孩子们又都倒抽了一口冷气，一位女仆的女儿竟然吓得尖叫起来。

"他是我们丰饶角有史以来最好的国王。"伯特说，他曾听见妈妈无数次这么说。

"不，不是。"黛西大声说，"他自私、虚荣、狠心！"

"黛西！"伯特吓坏了，小声说道，"不要 —— 不要胡闹！"

"胡闹"这个词惹恼了黛西。新任首席女裁缝的女儿指着黛西的工作服，发出嘲笑，捂着嘴跟朋友们小声议论她，这是"胡闹"？她爸爸夜里悄悄抹去眼泪，以为黛西没有看见，这是"胡闹"？她想跟妈妈说话的时候，只能去面对一块冰冷的白色墓碑，这是"胡闹"？

黛西抡起手来，狠狠扇了伯特一记耳光。

这时，罗奇家里的老大，那个名叫罗德里克、如今住在黛西以前卧室里的男孩，大声喊了起来："你可不能饶了她，'黄油球'！"这下，所有的男孩都一条声地喊："打！打！打！"

伯特又惊又怕，半真半假地推了一下黛西的肩膀，黛西觉得没有别的选择，只能一头朝伯特扑了过去，接着便是灰尘扬起，胳膊乱挥，直到两个孩子突然被伯特的爸爸扯开，比米希少校听到动静，从王宫里跑出来看看是怎么回事。

"可怕的行为。"斯皮沃爵爷嘟囔道，从少校和两个哭泣、挣扎的孩子身边走过。

可是斯皮沃爵爷转过身时，脸上却露出一个大大的得意的笑容。他知道怎么充分地利用形势。他想，他也许已经找到了办法，可以把小孩子——至少其中的几个孩子——从王宫的庭院里赶出去。

第7章

斯皮沃爵爷打小报告

那天晚上，两位爵爷跟平常一样，跟弗雷德国王一起吃晚餐。晚餐十分丰盛，有男爵城的鹿肉，配上最醇美的酒香城的葡萄酒，之后是精选的美酪城奶酪拼盘，和比米希太太做的松软无比的"仙女的摇篮"。酒足饭饱后，斯皮沃爵爷觉得时机已到。他清了清嗓子，说道：

"我真希望，陛下，今天下午庭院里孩子们那场令人厌恶的打闹没有打扰到您。"

"打闹？"弗雷德国王问了一句，他一直在跟他的裁缝商量一件新斗篷的样式，所以什么也没听见，"什么打闹？"

"哦，天哪……我还以为陛下知道呢。"斯皮沃爵爷假装吃了一惊，说道，"也许比米希少校能告诉您详情。"

弗雷德国王并没觉得心烦，反而觉得怪有意思。

"哦，我认为小孩子间的打打闹闹是很平常的事，斯皮沃。"

斯皮沃和弗拉蓬背着国王交换了一下眼神，然后斯皮沃又试了一次。

"陛下一向都是最最仁慈的。"斯皮沃说。

"换了有些国王,"弗拉蓬嘟囔道,一边掸去马甲上的糕点屑,"如果他们听说一个孩子那样不恭敬地议论君主,准会……"

"怎么回事?"弗雷德惊叫道,脸上的笑容消失了,"一个孩子不恭敬地……议论我?"弗雷德不敢相信。他习惯了每次在阳台上跟孩子们打招呼时,孩子们都兴奋地大声尖叫。

"我相信是的,陛下。"斯皮沃打量着自己的指甲说,"可是,我刚才说了……当时是比米希少校把孩子们扯开的……他知道具体的细节。"

银烛台上的蜡烛噼噼啪啪地闪了闪。

"孩子们……什么话都乱说,闹着玩的。"弗雷德国王说,"那个孩子肯定没有什么恶意。"

"在我听来是恶意的。"弗拉蓬嘟囔道。

"可是,"斯皮沃赶紧说道,"知道细节的是比米希少校。我和弗拉蓬也有可能是听错了。"

弗雷德喝了口葡萄酒。这时,一个男仆走进房间,把装布丁的盘子端走。

"坎科比,"弗雷德国王说,这是男仆的名字,"去把比米希少校叫来。"

比米希少校不像国王和两位爵爷那样,每天晚上都要吃七道菜的晚餐。他几个小时前就吃完晚餐了,收到国王的传唤时正准备上床睡觉。少校赶紧脱掉睡衣,换上制服,匆匆返回了王宫。这时候弗雷德国王、斯皮沃爵爷和弗拉蓬爵爷已经转移到了黄色会客厅，他们坐在缎子扶手椅里，继续喝着酒香城的葡萄酒，弗拉蓬在吃第二盘"仙女的摇篮"。

"啊，比米希。"少校深深鞠躬时，弗雷德国王说，"我听说今天下午庭院里闹了点小风波。"

少校的心往下一沉。他本来希望伯特和黛西打架的事不会传到国王耳朵里。

"哦，其实没有什么，陛下。"比米希说。

"行啦，行啦，比米希。"弗拉蓬说，"你教会了你儿子不能容忍叛徒，应该感到骄傲才对。"

"我……不存在背叛的问题。"比米希少校说，"他们只是孩子，爵爷。"

"我是否可以理解为你的儿子维护了我，比米希？"弗雷德国王说。

比米希少校处于非常为难的境地。他不想把黛西说的话告诉国王。他自己对国王忠心耿耿，但是很能理解那个失去妈妈的小姑娘对弗雷德的情绪，他满心不愿意让她陷入麻烦。另一方面，他很清楚现场有二十个目击者，都能把黛西说的话一字不差地告诉国王；他知道，如果他不说实话，斯皮沃爵爷和弗拉蓬爵爷就会对国王说，他，比米希少校，也对国王不忠，是个危险分子。

"我……是的，陛下，我的儿子伯特确实维护了您。"比米希少校说，"可是，请您千万原谅那个小姑娘说了……说了对陛下不敬的话。她经历了很多不幸的事情，陛下，就算是成年人在不开心时也可能口不择言。"

"那小姑娘经历了什么不幸的事情？"弗雷德国王问，他想象不出一位臣民有什么理由说他的坏话。

"她……她叫黛西·多夫泰，陛下。"比米希少校说，目光越过弗雷德国王的头顶，看着弗雷德的父亲——正义的理查德国王——的肖像，"她母亲就是那个女裁缝——"

"是的，是的，我想起来了。"弗雷德国王大声打断比米希少校的话，"好了，不用说了，比米希。你可以走了。"

比米希少校稍稍松了口气，又深深鞠了一躬，他刚走到门口时，又听到了国王的声音。

"那小姑娘到底说了什么，比米希？"

比米希少校手放在门把上，顿了顿。除了实话实说，他没有别的选择。

"她说陛下自私、虚荣、狠心。"比米希少校说。

他不敢看国王一眼，离开了房间。

第8章

请 愿 日

自私、虚荣、狠心。自私、虚荣、狠心。

国王戴上丝绸睡帽时，这些话在他的脑海里回响。这不可能是真的，对吗？弗雷德过了很长时间才睡着，第二天早晨醒来时，感觉更难受了。

他认为自己需要做一些善事，首先想到的是奖励比米希的儿子，他在那个可恶的小姑娘面前维护了国王。于是，弗雷德拿来一个圆牌牌，那平常是挂在他最喜欢的猎狗的脖子上的，他叫一位女仆在上面穿了根丝带，然后把比米希一家召进宫里。伯特被妈妈从教室里拽出来，匆匆忙忙换上一件蓝色天鹅绒外套，站在国王面前时吓得说不出话来。弗雷德看了很受用，他花了几分钟时间和颜悦色地跟小男孩说话，少校和比米希太太为他们的儿子感到骄傲极了。最后，伯特回到学校，脖子上挂着那枚小小的金牌勋章，下午在操场上，平常欺负伯特最厉害的罗德里克·罗奇对着勋章大惊小怪。黛西什么话也没说，伯特看到她的目光时，感到脸上火辣辣的，很不自在，赶紧把勋章塞到衬衫下面，不让人看见。

然而，国王还是没有完全开心起来。他老有一种很不舒服的感觉，就像消化不良一样，而且夜里仍是翻来覆去睡不着觉。

第二天醒来时，他想起了这天是请愿日。

请愿日是一个特殊的日子，每年只有一天，丰饶角的老百姓可以见到他们的国王。当然啦，请愿者都事先经过弗雷德的顾问的仔细筛选，才有资格见到他。弗雷德从来不处理什么大问题。他接见的那些人的麻烦事都很小，用几个金币和几句宽慰的话就能解决，比如：一位农夫的犁坏了，或者一个老太太的猫死了。弗雷德一直盼着请愿日的到来。这一天他有机会穿上最华丽的服饰，而且，看到自己在丰饶角老百姓的心目中这么重要，实在令人感动。

弗雷德的侍衣官们等着他用过早餐。他们手里的新衣服是国王一个月前吩咐做的：白色缎子马裤和配套的上衣，纽扣是金子和珍珠的；一件貂皮镶边、红色衬里的斗篷；一双白色缎子鞋，配有金子和珍珠的搭扣。他的贴身男仆拿着金钳子等在那里，准备把他的胡须卷起来，还有一个小听差站在一边，捧着许多放在天鹅绒垫子上的珠宝戒指，等着弗雷德挑选。

"把那个拿走，我不要。"侍衣官们把衣服举起来给他看的时候，弗雷德烦躁地说。侍衣官们呆住了。他们怀疑自己听错了。弗雷德国王一直非常关注这套衣服的进展，还亲自要求加上红色衬里和华丽的搭扣。"听见没有，把它拿走！"看到没人动弹，他气呼呼地说，"给我拿一件朴素的衣服！给我拿那件我在父王葬礼上穿的衣服！"

"陛……陛下没有不舒服吧？"他的贴身男仆问，受了惊吓的侍衣官们纷纷鞠躬，拿着那件白色礼服匆忙离开，很快又拿着一件黑衣服回来了。

"我当然没有不舒服。"弗雷德没好气地说，"但我是个男子汉，不是一个游手好闲的花花公子。"

他穿上黑衣服，这是他最朴素的衣服，但仍然十分华丽，袖口和领口都有银色的绳边，纽扣是玛瑙和钻石做的。他只允许贴身男仆给他卷了卷胡子尖儿，这让贴身男仆感到很吃惊，然后，弗雷德就把他和那个拿着戒指垫子的小听差都打发走了。

瞧瞧，弗雷德打量着镜子里的自己，心里说道，怎么能说我虚荣呢？黑色肯定不是最适合我的颜色。

斯皮沃爵爷正在吩咐弗雷德的一个仆人给他掏耳朵，弗拉蓬爵爷正在狼吞虎咽他从厨房要来的一盘子"公爵的喜悦"。他们没想到弗雷德国王这么快就穿好了衣服，这会儿都感到很意外，赶紧从卧室里跑出来，一边套上马甲，连蹦带跳地穿上靴子。

"快点，你们这些懒鬼！"两位爵爷在走廊里追赶他时，弗雷德国王喊道，"有人在等待我的帮助呢！"

一个自私的国王，会匆匆赶去见需要他帮助的老百姓吗？弗雷德想。不会，绝对不会！

弗雷德的顾问们看到弗雷德这么准时，而且穿着对他来说这么朴素的衣服，都大吃一惊。首席顾问海林布鞠躬的时候，脸上还露出了满意的微笑。

"陛下来得真早。"他说，"百姓们会很高兴的。他们天刚亮就开始排队了。"

"把他们带进来，海林布。"国王说着，在宝座上坐了下来，示意斯皮沃和弗拉蓬坐在他的两边。

门开了，请愿者们一个个走了进来。

弗雷德的臣民们平常只能在市政厅里看见国王的肖像，请愿时发现真实的、活生生的国王就坐在他们面前，经常激动得说不出话来。有的开始咯咯地傻笑，或忘记了自己为什么而来，有一两次还有人晕了过去。弗雷德今天特别慷慨仁慈，对每一位请愿者，国王都递过去几枚金币，或者向一个婴儿说句祝福的话，或者让一个老妇人吻他的手。

不过，今天他面带笑容，把金币递给别人，许诺一些事情的时候，脑海里总是回响着黛西·多夫泰的话。自私、虚荣、狠心。他想做一件特别的事来证明自己是一个多么高尚的人——让大家看到他愿意为了别人牺牲自己。丰饶角的每一位国王，都曾经在请愿日送出金币，给老百姓一些小恩小惠。弗雷德想做一件特别了不起、能够流芳百世的事情，只靠补偿一个果农最喜爱的一顶草帽，是不可能被写进历史书的。

坐在弗雷德身边的两位爵爷感到很无聊。他们更愿意懒洋洋地待在自己的卧房里等着吃午餐，而不是坐在这里，听乡巴佬们唠叨他们鸡毛蒜皮的麻烦事。几个小时后，最后一批请愿者千恩万谢地离开了黄色会客厅，弗拉蓬的肚子已经咕咕叫了差不多一小时，他舒了一口气，从椅子里站了起来。

　　"该吃午餐啦！"弗拉蓬声音嗡嗡地说，可是，就在卫兵想要关上大门时，传来一阵骚乱，大门又一次被打开了。

第9章

牧羊人的故事

"陛下,"海林布说着,匆匆走向刚从宝座上起身的弗雷德国王,"有一个沼泽乡来的牧羊人要向您请愿,陛下。他来晚了一点 —— 如果陛下要吃午餐了,我可以把他打发走。"

"沼泽乡的人!"斯皮沃说,在鼻子底下挥着他的香手绢,"想象一下吧,陛下!"

"大胆无礼,来见国王竟然还迟到。"弗拉蓬说。

"不。"弗雷德迟疑了一下,说道,"不 —— 这个可怜人从那么远的地方过来,我们应该见见他。让他进来,海林布。"

首席顾问认为这进一步证明弗雷德成了一位仁慈、体贴的新国王,他感到很高兴,快步走到双开大门前,叫卫兵把那个牧羊人放进来。国王重新坐回到宝座上,斯皮沃和弗拉蓬阴沉着脸,也重新坐进椅子里。

老人跌跌撞撞地在长长的红地毯上朝宝座走来,他一副饱经风霜的样子,身上脏兮兮的,胡子蓬乱,破烂的衣服上打着补丁。他走到国王近前时,抓下头上的帽子,看上去害怕极了;

当他来到人们通常鞠躬或行屈膝礼的位置时，竟然扑通一声跪了下来。

"陛下啊！"他呼哧带喘地说。

"陛下 — 啊 — 啊。"斯皮沃轻声地模仿他，故意把老牧羊人的声音学得像羊叫。

弗拉蓬不出声地笑着，几层下巴抖个不停。

"陛下，"牧羊人继续说道，"为了来见您，我走了整整五天啊。一路上吃了不少苦。有干草车的时候，我就搭车，没有干草车，我就靠脚走，我的靴子上都是窟窿 ——"

"哦，快说正题吧。"斯皮沃嘟囔道，他的长鼻子仍然埋在手绢里。

"—— 但是我一刻也没停啊。我想着老帕奇，想着只要我能赶到王宫，您会怎样帮我 ——"

"'老帕奇'是什么，好伙计？"国王问，他的目光落在牧羊人补丁摞补丁的裤子上。

"是我的那条老狗，陛下 —— 不过现在已经没了。"牧羊人回答，眼睛里噙满了泪水。

"啊。"弗雷德国王说着，就去摸皮带上挂的钱包，"那么，好心的牧羊人，拿上这几个金币，去给自己买一条新的 ——"

"不，陛下，多谢您哪，但这不是金子的事啊。"牧羊人说，"我可以给自己再找一条小狗，那不费什么事，虽然什么狗也比不上我的老帕奇。"牧羊人抬起袖子擦鼻涕。斯皮沃打了个哆嗦。

"那么你为何来见我呢？"弗雷德国王说，尽量做出一副亲切的样子。

"我来告诉您，陛下，老帕奇是怎么送命的。"

"啊。"弗雷德国王说，目光移向了壁炉架上的那座金钟，"嗯，我们很愿意听这个故事，但我们要吃午餐了——"

"是伊卡狛格把它给吃掉了，陛下。"牧羊人说。

一阵令人惊愕的沉默之后，斯皮沃和弗拉蓬哈哈大笑起来。

泪水从牧羊人的眼睛里涌出来，亮晶晶的，落在红地毯上。

"哎呀，陛下，从酒香城到甘蓝城，我每次跟人说我为什么要来见您，他们都笑话我。他们笑得什么似的，说我的脑子坏掉了。但我是亲眼看见那怪物的呀，可怜的帕奇在被吃掉以前也见过那怪物。"

弗雷德国王特别想和两位爵爷一起放声大笑。他想吃午餐，想打发走这个老牧羊人，但与此同时，那个可怕的小声音在他的脑海里窃窃低语：自私、虚荣、狠心。

"跟我们说说是怎么回事吧。"弗雷德国王对牧羊人说，斯皮沃和弗拉蓬立刻就不笑了。

"哎呀，陛下，"牧羊人说，又用袖子擦了擦鼻涕，"当时天擦黑了，起了大雾，我和帕奇绕着沼泽地的边缘走回家。帕奇看见一只沼泽球——"

"看见一只什么？"弗雷德国王问。

"沼泽球，陛下。那种光秃秃的老鼠一样的东西，住在沼泽地里。做成馅饼还蛮好吃的，只要你不在意那些尾巴。"

弗拉蓬看上去就要吐了。

　　"话说帕奇看见了沼泽球，"牧羊人继续说道，"就追了过去。我大声喊帕奇，喊了又喊，陛下，可是它只顾往前追，不肯回来。后来，陛下，我听见了一声大叫。'帕奇！'我喊，'帕奇！你怎么了，小子？'可是帕奇没有回来，陛下。接着我就透过大雾，看见了那家伙。"牧羊人压低了声音说，"它大极了，两个眼睛跟灯笼一样，嘴巴大得就像这个宝座，恶狠狠的牙齿冲我发着光。我顿时就忘记了老帕奇，陛下，我跑啊跑啊，一口气跑回了家。第二天我就动身了，陛下，过来见您。伊卡狍格吃掉了我的狗，陛下，我要让它得到惩罚！"

　　国王低头看了牧羊人几秒钟。然后，他非常缓慢地站了起来。

　　"牧羊人，"国王说，"我们今天就往北边去，把伊卡狍格的事情彻底调查清楚。如果能找到那怪物的痕迹，你就可以放心，我们一定会追踪到它的老窝，把它狠狠教训一番，它竟然如此胆大妄为，吃掉了你的狗。好了，拿上这几个金币，给自己雇一辆干草车，回家去吧！"

　　"两位爵爷，"国王说着，转向目瞪口呆的斯皮沃和弗拉蓬，"请赶紧换上骑马的装备，跟我去马厩。一场新的狩猎要开始了！"

第 10 章

弗雷德国王的远征

弗雷德国王大踏步地离开王宫正殿，心里对自己感到很满意。再也不会有人说他自私、虚荣、狠心了！为了一个臭烘烘、呆头呆脑的老牧羊人，和他那条一钱不值的老杂种狗，他，勇敢的弗雷德国王，就要去猎捕伊卡狛格了！当然啦，根本没有这样的东西，但是他能亲自骑马到国家的遥远边疆去证明这一点，也是特别体面和高贵的呀！

国王把午餐忘到了脑后，直接冲到了楼上他的卧房，大声叫贴身男仆来帮他脱掉那件单调的黑衣服，换上他的战袍，这可是他以前从来没有机会穿的。鲜红色的长袍，金子做的纽扣，配一条紫色的腰带，还有一大堆的勋章——因为弗雷德是国王，所以能佩戴这么多勋章。当弗雷德对着镜子，看到战袍多么合身时，他不明白自己为什么没有一直穿着它。贴身男仆拿来国王那顶用羽毛装饰的头盔，戴在他的金色卷发上，弗雷德想象着肖像上的自己戴着头盔、骑在最心爱的那匹奶白色战马上，用长矛刺向一头蟒蛇般的怪兽。真正是勇敢的弗雷德国王啊！哎呀，现在他简直希望真的有一头伊卡狍格呢。

这个时候，首席顾问让消息传遍了整个城中城，说国王要出发去全国巡游，每个人都应当做好准备，在他出征时为他欢呼助威。海林布没有提到伊卡狍格，因为他想尽量不让国王显得愚蠢。

不巧的是，那个叫坎科比的听差，偷听到了两个顾问小声议论国王的奇怪计划。坎科比立刻告诉了打杂女仆，打杂女仆把这消息传遍了整个厨房，当时，从男爵城来的香肠老板正在厨房里跟厨子闲聊天。简单来说，当国王一行人准备出发时，城中城里已经传得沸沸扬扬，说国王要骑马到北方去抓伊卡狍格，而且这消息还开始往外面的甘蓝城扩散。

"这是个笑话吗？"首都的居民们互相打听，他们纷纷出门来到人行道上，准备为国王喝彩助威，"到底是什么意思？"

有人耸耸肩，哈哈一笑，说国王只是闹着玩的。还有人摇摇头，嘀咕说肯定不会这么简单。如果没有充足的理由，国王不可能全副武装地骑马出征，到王国的北边去。忧心忡忡的市民你问我、我问你，国王知道了什么我们不知道的事呢？

艾斯兰达小姐和宫里的其他女人一起站在阳台上，看着士兵们集合。

我现在告诉你一个秘密，别人谁也不知道。就算国王向艾斯兰达小姐求婚，她也绝不会嫁给他。因为她偷偷爱上了一个叫古德菲上尉的男人，这会儿，古德菲正在下面的庭院里，跟他的好朋友比米希少校一起说笑呢。艾斯兰达小姐非常害羞，一直鼓不起勇气跟古德菲上尉说话，所以古德菲上尉压根儿不知道宫里最漂亮的女人在暗恋他。古德菲的父母已经去世，当年都是美酪城的奶酪商。古德菲虽然又聪明又勇敢，但是在那个时候，一个奶酪商的儿子怎么可能高攀一个出身高贵的小姐呢？

这个时候，所有仆人的孩子都早早地放了学，要来欢送国王的战队。首席糕点师比米希太太当然也匆匆接来伯特，让他占个好位置，看着爸爸从面前经过。

大门终于打开，骑兵队出来了，伯特和比米希夫人扯足了嗓门欢呼叫好。大家都很长时间没有看见战袍了。它多么令人兴奋，多么好看啊！阳光照在金纽扣、银宝剑和号手们亮晶晶的喇叭上，熠熠生辉。在王宫的阳台上，宫里的女人们挥舞着手绢送别，手绢好像鸽子在飞。

弗雷德国王骑着他那匹奶白色的战马，走在队伍的最前面，他手握深红色的缰绳，朝人群挥手致意。紧跟在他后面的是斯皮沃，他骑着一匹黄色的瘦马，一脸厌烦的表情；他的旁边是弗拉蓬，坐在他那匹大象般的栗色马上，因为没吃成午餐而生着闷气。

在国王和两位爵爷后面，是皇家卫队，都骑着灰色花斑马，只有比米希少校骑他那匹青灰色的骏马。比米希太太看见丈夫那么英俊潇洒，不由得心儿怦怦地跳。

"祝你好运，爸爸！"伯特喊道，比米希少校朝儿子挥了挥手（他其实不该这么做）。

弗雷德国王骑着他那匹奶白色的战马，走在队伍的最前面，
他手握深红色的缰绳，朝人群挥手致意。

关素媛　12岁

　　队伍里的人微笑地看着城中城欢送的人群，骑着马往山下走，来到城墙大门口。墙外是甘蓝城的其他地方。多夫泰家的小房子被人群遮住了。多夫泰先生和黛西也出门来到自家的花园里，他们只能看见皇家卫队骑马经过时头盔上的羽毛。

　　黛西对士兵没有多少兴趣。她和伯特仍然不和对方说话。而且那天上午课间休息时，伯特和罗德里克·罗奇在一起，罗德里克经常嘲笑黛西穿工作服，不穿裙子，所以，欢呼声和马蹄声一点儿也没让黛西高兴起来。

　　"其实根本就没有伊卡狍格。对吗，爸爸？"她问。

　　"是的，黛西。"多夫泰先生叹了口气，转身走回他的作坊，"没有什么伊卡狍格，但如果国王愿意相信有，就随他去吧。他在沼泽乡不会造成什么太大的危害。"

　　这恰恰表明，即使是聪明人，也可能看不到一个可怕的灾祸即将来临。

第11章

北　　上

　　骑马出了甘蓝城，进入乡下，弗雷德国王的情绪越来越高。国王突然出征去寻找伊卡狍格的消息，已经传到了在绿色田野里干活的农民们的耳朵里，他们带着孩子们跑过来，要在国王、两位爵爷和皇家卫队经过时叫好助威。

　　国王午餐什么也没吃，就决定在美酪城停一停，吃一顿迟来的晚餐。

　　"我们在这里简单吃点，伙计们，就像普通士兵那样！"队伍走进这座以奶酪出名的城市时，他大声地对手下说，"天一亮我们就重新出发！"

　　当然啦，国王是不可能简单吃点的。为了给他腾地方，美酪城最高档的酒店里的住客被赶到了大街上，那天晚上，弗雷德吃了一顿有烤乳酪和巧克力火锅的丰盛晚餐，然后睡在一张铺着鸭绒床垫的黄铜床上。可是，斯皮沃和弗拉蓬爵爷只能在马厩顶上的一间小屋里过夜。骑马走了这么长时间，两人都累得腰酸腿疼。你可能不明白为什么 —— 他们不是每星期都要狩

那天晚上，弗雷德吃了一顿有烤乳酪和巧克力火锅的
丰盛晚餐，然后睡在一张铺着鸭绒床垫的黄铜床上。

陈禹晗　11岁

猎五次的吗？但事实上，一般狩猎进行半小时之后，他们就偷偷溜到一棵大树后面坐下来，吃三明治，喝葡萄酒，直到返回王宫的时候。他们俩都不习惯长时间骑马，斯皮沃的瘦屁股上已经磨出了水泡。

第二天一早，比米希少校来向国王报告，说男爵城的市民非常不高兴，因为国王竟然在美酪城过夜，而没有选择他们那座漂亮的城市。弗雷德国王为了不让自己的名誉受损，就吩咐他的队伍在周围的田地里兜了一个大圈，一路都受到农民们的欢呼，最后在夜幕降临时进了男爵城。迎接皇家远征队的是烤香肠的诱人香味，一大群人喜气洋洋地举着火把，护送弗雷德进入城里最好的房间。他在那里吃了烤牛肉和蜜汁火腿，睡在一张铺着鹅绒床垫的雕花橡木床上，而斯皮沃和弗拉蓬不得不两人挤在一个狭小的阁楼房间里，那里平常是两个女仆住的。这时候，斯皮沃的屁股已经疼得要死要活，他真是气坏了，就为了哄这些做香肠的人们高兴，他不得不兜圈子骑了四十英里。弗拉蓬呢，他在美酪城吃了太多的奶酪，又在男爵城干掉了三份牛排，闹了消化不良，难受得直哼哼，一夜都没睡着。

第二天，国王和他的手下又出发了，这次一路向北，很快就经过了一座座葡萄园，那些摘葡萄的人兴奋地跑出来，挥舞丰饶角的国旗，国王喜滋滋地朝他们挥手致意。斯皮沃虽然屁股下面绑了个软垫子，还是疼得都快哭了；弗拉蓬不停地打嗝、呻吟，那声音即使在嗒嗒的马蹄声和叮叮的缰绳声中也听得见。

那天晚上到了酒香城，欢迎他们的不仅有喇叭声，还有全城人合唱的国歌。当晚，弗雷德大口大口地喝着晶莹的葡萄酒，吃着松露，然后在一张铺着天鹅羽绒床垫的绸缎四柱床上睡觉。可是，斯皮沃和弗拉蓬不得不跟两个士兵一起，挤在酒店厨房顶上的一间小屋里。喝醉了的酒香城居民在街上东倒西歪地游荡，庆祝国王光临他们的城市。斯皮沃在一桶冰里坐了大半夜，弗拉蓬呢，他喝了太多的红葡萄酒，醉醺醺地在墙角的另一个桶里吐了大半夜。

第二天黎明，国王和他的队伍出发去沼泽乡，酒香城的市民们用他们远近闻名的方式送别：他们用拔软木塞的声音送国王上路，咚的一声惊天动地，斯皮沃的马惊得尥了蹶子，把他摔在了路上。人们给斯皮沃掸去身上的土，把那个软垫子塞回他的屁股底下，弗雷德也止住了笑声，队伍便继续前进了。

很快，他们就离开了酒香城，只能听见鸟叫声了。走了这么多天，他们第一次看到道路两边空荡荡的。渐渐地，绿油油的田地不见了，变成了枯瘦的野草、歪歪扭扭的树木，和一些大石头。

"这地方真奇怪，是不是？"愉快的国王扭头对斯皮沃和弗拉蓬喊道，"我很高兴终于看到沼泽乡了，你们呢？"

两位爵爷表示同意，但是弗雷德刚把脸转回到前面，他们就对着他的后脑勺比画出粗鲁的手势，还不出声地骂了几句更粗鲁的话。

终于，皇家远征队遇到了几个人，这些沼泽乡的人吃惊地瞪大了眼睛！他们像王宫正殿里的那个牧羊人那样，扑通跪倒在地，忘记了欢呼和鼓掌，只是瞪大了眼睛，好像从来没见过国王和皇家卫队似的——他们确实没有见过，弗雷德国王虽然在登基后巡视过所有的大城市，但从来没有人认为偏远的沼泽乡也值得他去访问。

"头脑简单，没错，但是很感人，是不是？"国王欢快地对手下人喊道，几个破衣烂衫的小孩子看到这些高头大马，发出了惊呼。他们从来没见过毛色这么光亮、营养这么充足的牲口。

"我们今晚该在哪儿过夜呢？"弗拉蓬打量着那些摇摇欲坠的石头房子，对斯皮沃嘟囔道，"这里连旅馆也没有！"

"嘿，至少有一点值得安慰。"斯皮沃小声回答，"他也只能像我们其他人一样简单凑合了，我们看看他是什么感觉。"

整个下午他们都在赶路，太阳开始落山时，终于看见了传说中伊卡狍格所在的那片沼泽：黑乎乎的，一眼望不到头，其间点缀着各种奇怪的石头。

"陛下！"比米希少校喊道，"我建议我们现在扎营休息，明天早晨再探索沼泽地！陛下知道，沼泽地有时候非常危险！大雾说来就来。我们最好大白天再靠近它！"

"胡说！"弗雷德说，他在马鞍上颠啊颠的，像一个兴奋的小男生，"现在已经看见它了，不可能停下来，比米希！"

国王发出了命令，于是大家继续骑马前进，终于，当月亮升上天空，在一团团黑云后面飘进飘出时，他们来到了沼泽地的边缘。谁也没见过这么诡异的地方，十分的荒野、空旷和寂寥。一股冷风吹来，灯芯草沙沙地响，除此之外，就是一片死一般的寂静。

"您看见了，陛下，"片刻之后斯皮沃爵爷说，"这地方都是沼泽。不管是人是羊，如果不小心走得太远，都会被吸进去的。在黑暗里，头脑愚钝的人就会把这些巨石看成是怪兽。这些杂草发出的沙沙声，也会被当成是某种怪物窸窸窣窣的嘶叫。"

"正确，非常正确。"弗雷德国王说，但他的目光仍然在漆黑的沼泽地上扫视，好像希望看到伊卡狍格从一块石头后面突然冒出来。

"那我们就支帐篷吧，陛下？"弗拉蓬爵爷说，他从男爵城带了几个冷馅饼在身上，巴不得赶紧吃晚饭。

"这周围一片漆黑，就连想象中的怪物也不可能找到啊。"斯皮沃说。

"正确，正确。"弗雷德国王遗憾地又说了一遍，"搭帐篷吧 —— 天哪，一下子起了这么大的雾！"

确实，当他们站在那里眺望沼泽地的时候，一团白色的浓雾翻滚着包围了他们，那么迅速和悄无声息，谁都没有注意到。

第12章

国王丢失的宝剑

短短几秒钟内，似乎国王远征队的每个人都被一种厚厚的白色的东西蒙住了眼睛。雾太浓了，他们伸手看不见五指。雾里弥漫着腐烂的沼泽、脏水和淤泥的臭味儿。许多人晕头晕脑地原地打转，脚下软软的大地似乎在移动。他们想要看见彼此，却完全辨不清方向了。每个人都感到自己漂浮在茫茫的白色大海上，什么也看不见，只有几个人还保持着头脑冷静，其中就有比米希少校。

"当心！"他喊道，"地面捉摸不定。站在原地，不要移动！"

可是弗雷德国王突然感到害怕极了，根本没理会这话。他立刻朝他想象中比米希少校所在的方向走去，但没走几步，就觉得自己正在陷进冰冷的沼泽里。

"救命！"他喊道，寒冷刺骨的沼泽水漫过了他亮闪闪的靴子顶，"救命啊！比米希，你在哪儿？我沉下去了！"

立刻传来一片惊慌的说话声和盔甲的碰撞声。卫兵们朝四面八方乱跑，都想找到国王，结果互相撞在一起，滑倒在地上。

惊慌失措的国王拼命大喊，把他们的声音都盖住了。

"我的靴子丢了！ 为什么没有人来帮我？ 你们都在哪儿？"

只有斯皮沃和弗拉蓬两位爵爷听从了比米希的建议，当大雾翻滚着弥漫过来时，他们一动不动地站在原地。斯皮沃紧紧抓住弗拉蓬的肥大马裤上的一道褶子，弗拉蓬紧紧抓住斯皮沃的骑装上衣的下摆。他们谁也没有做任何努力去救弗雷德，只是浑身发抖地等着周围恢复平静。

"如果那傻瓜被沼泽吞掉，我们至少就能回家了。"斯皮沃对弗拉蓬嘟囔道。

混乱还在加剧。皇家卫队的几个士兵想去寻找国王，结果自己也陷进了沼泽里。到处都是泥浆的叽咕声、金属的碰撞声，还有人的喊叫声。比米希少校大吼大叫，想要恢复一些秩序，可是根本没有用。国王的声音似乎渐渐退缩进了漆黑的夜里，变得越来越微弱，就好像他正在跟跟跄跄地离开他们。

就在这时，从黑暗的正中心，传来一声可怕的、令人魂飞魄散的尖叫。

"比米希，救命，我看见那怪物啦！"

"我来了，陛下！"比米希少校叫道，"您接着喊，陛下，我会找到您的！"

"救命！ 救命啊，比米希！"弗雷德国王大喊。

"那傻瓜出了什么事？"弗拉蓬问斯皮沃，但没等斯皮沃来得及回答，两位爵爷身边的大雾一下子消散了，就像刚才降临时一样突然，他们俩站在一小片空地上，能够看见对方，但周围仍是浓得化不开的白雾构成的高墙。国王、比米希和其他士兵的声音越来越小、越来越弱。

"暂时别动。"斯皮沃警告弗拉蓬，"等大雾再散去一点，我们就能找到马，撤退到一个安全的——"

说时迟那时快，雾墙里突然蹿出一个滑腻腻的黑影，直朝两位爵爷扑过来。弗拉蓬发出一声刺耳的尖叫，斯皮沃朝那家伙狠狠打去，却没有打中，因为那家伙扑通倒在地上，呜呜地哭。斯皮沃这才发现，这个气喘吁吁、呜里呜噜、满身黏糊糊的怪物，竟然是勇敢的弗雷德国王。

"谢天谢地，终于找到您了，陛下，我们一直在到处找您呢！"斯皮沃喊道。

"伊—伊—伊卡——"国王呜咽着说。

"他打嗝了。"弗拉蓬说，"快吓唬他一下。"

"伊—伊—伊卡狍格！"弗雷德哼哼着说，"我看—看—看见了！一个庞然大物——差点儿把我抓去！"

"陛下您说什么？"斯皮沃问。

"那怪—怪物是真的！"弗雷德大喘气地说，"我侥幸捡—捡了一条命！快去找马！我们必须逃走，要快！"

弗雷德国王想抓着斯皮沃的腿爬起来，可是斯皮沃敏捷地闪到一边，不让自己身上沾到淤泥，他小心地拍了拍弗雷德的头顶，那是他全身上下最干净的地方。

"嗯——好了，没事了，陛下。您掉进了沼泽地，经历了一件最痛苦的事。就像我们先前说的，在这么浓的大雾里，那些大石头真的就像怪物的形状 ——"

"可恶，斯皮沃，我知道我看见了什么！"国王喊道，他在没有帮助的情况下，踉踉跄跄地自己站了起来，"有两匹马那么高，眼睛像大灯笼一样！我拔出了我的宝剑，可是我的手又黏又滑，根本抓不住，宝剑掉了出去，我没办法，只好把脚从陷到沼泽中的靴子里拔出来，匍匐着爬开了！"

就在这时，第四个人摸进了大雾里的这片小空地：是罗奇上尉，罗德里克的爸爸，比米希少校的副官 —— 一个魁梧、结实的男人，留着乌黑的小胡子。罗奇上尉到底是什么人，我们很快就能弄清。你现在需要知道的，就是国王看见他非常高兴，因为他是皇家卫队里块头最大的。

"你看见伊卡狍格的影子了吗，罗奇？"弗雷德带着哭腔问。

"没有，陛下。"罗奇毕恭毕敬地鞠了一躬，说道，"我只看见大雾和泥浆。不管怎么说，我很高兴得知陛下安然无恙。几位大人，你们等在这儿，我去把队伍召集起来。"

罗奇刚要离开，弗雷德国王惨叫了起来："不，你留在这里陪我，罗奇，万一怪物往这边来了呢！你的步枪还在身上，是不是？太好了 —— 你瞧，我的宝剑和靴子都丢了。那是我最好的一把正装剑，剑柄上还镶着宝石呢！"

有罗奇上尉陪在身边，浑身发抖的国王感到安全多了，但他还是又冷又怕，记忆中从来没有这么难受过。他还有一种很不舒服的感觉，似乎谁也不相信他真的看见了伊卡狍格，后来他瞧见斯皮沃朝弗拉蓬翻白眼，这种感觉就更强烈了。

"太好了 —— 你瞧，我的宝剑和靴子都丢了。
那是我最好的一把正装剑，剑柄上还镶着宝石呢！"

王一淼 8岁

国王的自尊心受到了伤害。

"斯皮沃，弗拉蓬，"他说，"我想拿回我的宝剑和我的靴子！它们就在那边的什么地方。"他加了一句，朝周围弥漫的大雾挥了挥胳膊。

"是不是 — 是不是最好等大雾散了再说呢，陛下？"斯皮沃不安地问。

"我要我的宝剑！"弗雷德国王气冲冲地说，"它是我祖父传下来的，很珍贵！快去找它，你们两个。我和罗奇上尉在这里等着。不许空手回来。"

第13章

意　外

　　两位爵爷没有别的选择，只好把国王和罗奇上尉留在大雾中的小空地里，继续往沼泽地走去。斯皮沃走在前面，用脚探索着，寻找地面上最结实的地方。弗拉蓬紧跟在后面，仍然死死地抓着斯皮沃的衣摆，他的身体太重了，每走一步，都深深地陷在淤泥里。雾气沾在他们的皮肤上，又冷又湿，眼前几乎什么也看不见。斯皮沃虽然百般小心，两位爵爷的靴子里还是很快就灌满了臭污水。

　　"那个该死的笨蛋！"他们叽咕叽咕地往前走，斯皮沃嘟囔道，"那个胡言乱语的小丑！都是他惹的祸，脑子不够用的白痴！"

　　"如果那宝剑永远找不到，也是他活该。"弗拉蓬说，他几乎已陷在齐腰深的沼泽里了。

　　"但愿别这样，不然我们整晚上都得困在这儿。"斯皮沃说，"哦，这该死的大雾！"

　　他们挣扎着往前走。有时候雾会散去一些，再走几步之后又聚拢了。一块块大石头突然凭空冒出来，像一头头狰狞的大象；芦苇沙沙作响，那声音就像有蛇在爬。斯皮沃和弗拉蓬明知道世界上根本就没有伊卡狍格这样的东西，但心里还是感到很不踏实。

"放开我！"斯皮沃对弗拉蓬吼道，弗拉蓬一直拽着他，让他以为是怪兽的爪子或牙齿钳住了他衣服的后襟。

弗拉蓬松开了手，但是他内心也充满了想入非非的恐惧，于是就把他那支喇叭型前膛枪从皮套里掏出来，握在手里。

"那是什么？"他悄声对斯皮沃说，前面的黑暗中传来一种奇怪的声音。

两位爵爷都站住不动，想听得更清楚些。

大雾里传出低低的吼叫声和抓挠声。两个男人脑海里都浮现出可怕的画面，一个怪物正在啃着皇家卫队某个人的尸体。

"是谁？"斯皮沃用尖厉的声音喊。

远处的什么地方，传来比米希少校大声的回答：

"是你吗，斯皮沃爵爷？"

"是我。"斯皮沃喊道，"我们听见了奇怪的声音，比米希！你能听见吗？"

两位爵爷似乎觉得那奇怪的咆哮声和抓挠声更响了。

这时，雾飘散了。他们面前赫然出现一个黑乎乎的庞然大物的轮廓，瞪着亮闪闪的白眼睛，发出一声长长的嚎叫。

一声震耳欲聋、惊天动地的巨响，似乎把沼泽地都给震动了——弗拉蓬的喇叭枪开火了。其他人惊慌的喊叫声在看不见的沼泽地里回响，接着，就好像被弗拉蓬的枪声吓坏了一样，大雾在两位爵爷面前分开，使他们看清楚了眼前的景象。

月亮从一团云后面钻出来，他们看见一块无比巨大的花岗岩，底部有一堆带刺的枝条。被缠在这些荆棘里的，是一条吓破了胆的瘦狗，它呜呜咽咽，拼命抓挠着想脱身，一双眼睛在月光下闪闪发亮。

巨石再往前一点，是脸朝下躺在沼泽里的比米希少校。

"怎么回事？"大雾里有几个声音喊道，"谁开的枪？"

斯皮沃和弗拉蓬都没有回答。斯皮沃深一脚浅一脚，以最快的速度走向比米希少校。迅速检查一下他就清楚了：少校已经死亡，黑暗中弗拉蓬一枪命中心脏。

"天哪，我的天哪，这可怎么办？"弗拉蓬赶到斯皮沃身边，轻声叫道。

"别说话！"斯皮沃小声说。

在斯皮沃狡猾而诡计多端的一生中，他的脑瓜子转得从来没有像现在这样快、这样用力。他慢慢地将目光从弗拉蓬和喇叭枪移向牧羊人那条被缠住的狗，又移向国王的靴子和镶宝石的宝剑，现在他发现了，宝剑离巨石只有几英尺，半埋在沼泽里。

斯皮沃蹚着沼泽走过去，捡起国王的宝剑，用它斩断了缠住那条狗的荆棘。然后，他使劲踢了一脚那可怜的狗，它惨叫着跑进了大雾里。

"仔细听着。"斯皮沃回到弗拉蓬身边，低声地说，可是，没等他来得及解释他的计划，大雾里又冒出一个高大的身影：罗奇上尉。

"国王派我来的。"上尉气喘吁吁地说，"他吓坏了。怎么 ——"

这时，罗奇看见了地上比米希少校的尸体。

斯皮沃立刻意识到，必须把计划也告诉罗奇，其实罗奇能派上大用场呢。

"什么也别说，罗奇，"斯皮沃说，"听我告诉你事情的经过。

"伊卡狍格害死了我们勇敢的比米希少校。由于他的不幸离世，我们需要一位新的少校，当然啦，就是你，罗奇，因为你是他的副官。我要提议大大增加你的薪水，因为你表现得这样英勇 —— 仔细听好，罗奇 —— 当可怕的伊卡狍格跑进浓雾里时，你这样英勇无畏地追赶它。你知道，我和弗拉蓬爵爷赶过来的时候，伊卡狍格正在吞食可怜的少校的尸体。弗拉蓬爵爷明智地朝空中放了一枪，那怪物被他的枪声吓坏了，丢下比米希的尸体匆匆逃走。你勇敢地追了过去，想找回国王的宝剑，它半藏在那怪物厚厚的皮毛里 —— 可是你没能够拿到它，罗奇。可怜的国王真是不幸。我相信那无价的宝剑是他祖父留下的，但我估计它已永远遗失在伊卡狍格的老窝里了。"

说着，斯皮沃把宝剑塞进罗奇的一双大手里。新提升的少校低头看着镶珠宝的剑柄，脸上浮现出一个冷酷而狡猾的笑容，跟斯皮沃脸上的笑容一样。

"是啊，我没能把宝剑找回来，真是太遗憾了，大人。"他说，一边把宝剑藏在了他的长袍下面，"现在，我们把不幸的少校的尸体裹起来吧，要是其他人看见怪物的獠牙在他身上留下的伤口，就太可怕了。"

"你想得真周到，罗奇少校。"斯皮沃爵爷说，两人迅速脱下身上的斗篷，把尸体裹了起来，弗拉蓬在一旁看着，暗自松了口气，谁也不会知道他开枪走火打死了比米希。

"你能提醒我一下伊卡狛格是什么模样吗，斯皮沃爵爷？"比米希少校的尸体被隐藏好后，罗奇问道，"我们三个人一起看见它的，肯定应该得到完全相同的印象。"

"言之有理。"斯皮沃爵爷说，"嗯，按照国王的说法，那怪物有两匹马那么高，眼睛像灯笼一样。"

"实际上，"弗拉蓬指点着说，"它特别像这块大岩石，有一双狗的眼睛在石头底部闪光。"

"两匹马那么高，眼睛像灯笼。"罗奇跟着说了一遍，"很好，两位大人。如果你们能帮着把比米希抬到我肩膀上，我就扛着他去见国王，然后我们就能解释少校是怎么死的了。"

第14章

斯皮沃爵爷的计划

大雾终于散去了，人影重又显现了出来，他们跟一小时前来到沼泽地边缘的那些人完全不一样了。

且不说比米希少校的突然死亡让大家震惊，而且皇家卫队的几个人听了对这件事的解释，都感到很疑惑。眼前的两位爵爷、国王和紧急上任的罗奇少校，都一口咬定他们面对面碰上了一个怪物，然而这么多年来，除了最愚蠢的人，大家都把这怪物看作一个神话传说，根本没当回事。难道在紧裹着斗篷的比米希的尸体上，真的有伊卡狛格留下的牙印和爪痕吗？

"你是说我在骗人吗？"罗奇少校冲着一个年轻二等兵的脸吼道。

"你是说国王在骗人吗？"弗拉蓬爵爷咆哮。

二等兵不敢质疑国王的话，摇了摇头。古德菲上尉跟比米希少校的关系非常好，他一句话也没说。但是古德菲脸上的表情是那么愤怒和充满怀疑，罗奇就命令他赶紧去扎帐篷，要他找一个最结实的地方，迅速把帐篷扎好，因为危险的大雾可能还会回来。

弗雷德国王有一个稻草床垫，而且为了让他睡得舒适，士兵们的毯子都拿给了他，但是他这一晚过得别提多难受了。他累得要命，浑身又脏又湿，更主要的是，心里非常害怕。

"如果伊卡狍格回来找我们怎么办呢，斯皮沃？"国王在黑暗中小声问，"如果它嗅着我们的气味找来了怎么办呢？它已经尝到了可怜的比米希的味道。如果它来找他剩下的尸体怎么办呢？"

斯皮沃尽量安慰国王。

"别担心，陛下，罗奇已吩咐古德菲上尉在您的帐篷外面站岗。不管谁被吃掉，都不会轮到您的。"

四下里太黑了，国王看不见斯皮沃在咧着嘴笑。其实斯皮沃根本就不想让国王放心，只希望激起国王的恐惧。他整个计划的基础，就是要国王不仅相信伊卡狍格的存在，还要害怕它会离开沼泽地，跑出来追他。

第二天早晨，国王的队伍动身返回酒香城。斯皮沃已经提前送信给酒香城的市长，说沼泽地出了一桩严重的事故，国王不希望有喇叭或软木塞来欢迎他。因此，当国王的队伍到达时，城里静悄悄的。市民们把脸贴在窗户上，或从门缝里往外瞧，他们看到国王身上那么脏、表情那么苦，都惊讶极了，当看到有一具尸体用斗篷裹着，绑在比米希少校的青灰色骏马上时，他们更是大惊失色。

一行人来到旅店，斯皮沃把老板拉到一边。

"我们需要一个寒冷、安全的地方，地窖之类的，可以把一具尸体放在里面过夜，钥匙必须由我亲自保管。"

"发生了什么事，大人？"罗奇扛着比米希走下地窖的石头台阶时，旅店老板问。

"我的好伙计，看到你把我们照顾得这么好，我就把实情告诉你吧，但你千万不要外传。"斯皮沃压低声音，一本正经地说，"伊卡狍格真的存在，已经残忍地害死了我们的一个人。我想，你肯定理解这件事为什么绝不能传开。它会立刻造成恐慌的。国王正在全速返回王宫，到了那里，他和他的顾问们——当然啦，也包括我——会马上开始制定一系列措施，确保我们国家的安全。"

"伊卡狍格？真的存在？"旅店老板吃惊又害怕地说。

"真的存在，而且狂怒、凶狠。"斯皮沃说，"不过，就像我说的，这事千万不要告诉别人。散布恐慌对谁都没有好处。"

实际上，散布恐慌正是斯皮沃想要的，因为这是他下一步计划的基础。不出他的所料，旅店老板等到客人都上床睡觉后，立刻就跑去告诉了他的妻子，他的妻子又跑去告诉了邻居，当第二天早晨国王的队伍出发前往美酪城时，恐慌已经像葡萄酒一样，在他们离开的这座城市里迅速发酵了。

斯皮沃提前送了一封信到美酪城，警告这座做奶酪的城市也不许热烈欢迎国王，因此，当皇家远征队走在城里的街道上时，到处都是黑乎乎、静悄悄的。窗口那些人的脸上已经满是恐惧。事情是这样的，酒香城的一位商人骑着一匹特别快的马，在一小时前把伊卡狍格的消息传到了美酪城。

斯皮沃又一次提出要用地窖存放比米希少校的尸体,他又一次对旅店老板透露,伊卡狍格害死了国王手下的一个人。斯皮沃看到比米希的尸体被安全地锁在地窖里,就上楼睡觉去了。

他正在给屁股上的水泡抹药膏时,突然接到了国王的紧急传唤。斯皮沃得意地暗笑着,穿上他的马裤,冲着正在享受奶酪酸黄瓜三明治的弗拉蓬眨了眨眼,然后拿起蜡烛,顺着走廊朝弗雷德国王的房间走去。

国王戴着丝绸睡帽,在床上缩成一团,斯皮沃刚关上寝室的门,弗雷德就说:

"斯皮沃,我总是听见有人在小声议论伊卡狍格。马童们在议论,就连刚才经过我寝室门口的女仆也在议论。这是怎么回事?他们怎么会知道发生了什么?"

"唉,陛下,"斯皮沃叹了口气说,"我本来希望向您隐瞒真相,等我们安全回到王宫再说的,其实我应该知道,陛下这么精明,是不可能被糊弄的。陛下,自从我们离开沼泽地之后,伊卡狍格已经如陛下担心的那样,变得凶狠蛮横多了。"

"哦,不会吧!"国王呜咽地说。

"恐怕是这样的,陛下。毕竟,攻击它无疑会让它变得更危险。"

"是谁攻击了它?"弗雷德说。

"哎呀,是您呀,陛下。"斯皮沃说,"罗奇告诉我,那怪物逃走时,您的宝剑插在它的脖子里 —— 对不起,陛下,您说什么？"

　　事实上国王发出了一种哼哼声，但过了一两秒钟后，他摇了摇头。他本来想纠正斯皮沃 —— 他记得自己当时绝不是这么做的 —— 但是，他在沼泽地里的可怕经历被斯皮沃这么一说，听上去体面多了：他勇敢地跟伊卡狍格搏斗，没有退缩，而不是丢下自己的宝剑，落荒而逃。

　　"可是这太可怕了，斯皮沃。"国王压低声音说，"如果那怪物变得更凶狠了，我们可都怎么是好呢？"

　　"不用担心，陛下。"斯皮沃说着，走到国王的床边，烛光从下面照亮了他的长鼻子和他冷酷的笑容，"我会用我的一生来保护您和我们的王国，不受伊卡狍格的侵害。"

　　"谢 — 谢谢你，斯皮沃。你是个真正的朋友。"国王说道，他感动极了，摸摸索索地把一只手从鸭绒被里抽出来，抓住了那位狡猾的爵爷的手。

第15章

国王回宫

　　第二天国王出发去甘蓝城时，伊卡狍格害死一个人的传言不仅已经过了桥，传到了男爵城，而且有一批奶酪商天还没亮就动身出来，把这消息传到了都城。

　　不过，甘蓝城不仅离北方的沼泽地最远，而且自认为比丰饶角的其他城市更有见识、更有学问，所以，当恐慌情绪传到都城时，遇到的是人们的强烈怀疑。

　　在城里的旅馆和商店里，人们展开了激烈的辩论。怀疑的人大声嘲笑伊卡狍格真实存在的荒唐说法，其他人却说，从来没去过沼泽乡的人不应该冒称自己是专家。

　　伊卡狍格的流言一路往南传播，不断地被添油加醋。有人说伊卡狍格害死了三个男人，还有人说它只是扯掉了某个人的鼻子。

　　然而在城中城里，人们的议论带有一丝焦虑的色彩。皇家卫队成员的妻子儿女和朋友们为亲友感到担心，不过他们互相安慰说，如果真的有人被害死了，死者的家人肯定会收到信使送来的消息。比米希太太就是这样安慰伯特的，伯特听到同学们中间传开的流言，被吓坏了，到王宫的厨房里来找他的妈妈。

"如果爸爸出了事，国王肯定会通知我们的。"比米希太太对伯特说，"好了，来，给你一小块点心。"

比米希太太做了一些"天堂的希望"为国王接风，这会儿，她把其中一块不完全对称的给了伯特。伯特惊奇地倒吸了口气（因为他只在过生日时吃过"天堂的希望"），然后咬了一口小蛋糕。立刻，他的眼睛里就充满了喜悦的泪花，因为天堂的气息在嘴里飘荡，渗透口腔，把他所有的烦恼都融化了。他兴奋地想象着爸爸穿着潇洒的军装回家，然后他，伯特，明天就会成为同学们注意的中心，因为他会知道在遥远的沼泽乡，国王的队伍究竟遭遇了什么。

夜幕开始降临甘蓝城时，国王的骑兵队终于出现了。这次，斯皮沃没有派信使警告人们待在家里。当甘蓝城的老百姓看见国王带着一位皇家卫兵的尸体返回王宫时，斯皮沃希望国王能百分之百感觉到他们那极度的惊慌和恐惧。

甘蓝城的老百姓默默地注视着队伍慢慢走近，看见回来的人一个个脸色憔悴，表情痛苦。接着，他们看见了那匹青灰色的马上横着那具被包裹的尸体，惊讶的喘息声立刻像火焰一样在整个人群中蔓延。国王的队伍行走在甘蓝城狭窄的鹅卵石街道上，街边的男人摘下帽子，女人行屈膝礼，他们也不知道自己是在向国王致敬，还是在向那个死者表示哀悼。

黛西·多夫泰第一个发现了队伍里缺少的是谁。她从大人

接着，他们看见了那匹青灰色的马上横着那具被包裹的尸体，
惊讶的喘息声立刻像火焰一样在整个人群中蔓延。

李佳玥　13岁

们的腿缝里往外看，认出了比米希少校的马。黛西立刻忘记了她和伯特上星期打架后一直不说话的事，她挣脱了爸爸的手，撒腿就跑，拼命挤过人群，褐色的辫子飞舞起来。她必须在伯特看到马背上的尸体之前赶到伯特身边。她必须提醒他。可是人群太拥挤了，黛西跑得已经很快了，却还是赶不上马的速度。

伯特和比米希太太的小房子位于王宫围墙的阴影里，他们站在屋外，听到了人群倒吸冷气的声音，便知道出了事。比米希太太虽然感到有点不安，但她仍然相信会看到自己英俊的丈夫——如果丈夫有个三长两短，国王肯定会送信给她的。

因此，当队伍拐过街角时，比米希太太的目光顺着一张张面孔看过去，希望能看到少校的脸。后来她意识到已经没有更多的面孔时，她脸上的血色慢慢褪去了。接着，她的目光落到了绑在比米希少校青灰色马背上的那具尸体上；她立刻晕了过去，她的手还牵着伯特的手。

第 16 章

伯特告别

斯皮沃注意到王宫的围墙边上起了骚乱，就伸长脖子看是怎么回事。当他看见地上躺着的女人，听见人们惊愕和同情的喊声时，他突然意识到自己的计划有个漏洞，而这个漏洞可能会坏了他的好事：那个寡妇！人群中有一小撮人聚在一起，往比米希太太的脸上扇风，斯皮沃骑马经过他们身边时，知道自己盼望已久的热水澡只能先放一放了。他又开始迅速转动起他那诡计多端的大脑。

国王的队伍安全地进入庭院后，仆人们立刻赶过去，把弗雷德从马上扶下来，这时斯皮沃把罗奇少校拉到一边。

"那个寡妇，比米希的遗孀！"他小声说，"你为什么没有把她丈夫的死讯告诉她？"

"我根本就没想到这个，大人。"罗奇如实地说。回家的一路上，他一门心思惦记着那把镶宝石的宝剑：怎么样把它卖个高价，不过保险起见，可能还是得把它敲成碎片，这样就没人认得出来了。

"该死，罗奇，什么都指望我考虑到吗？"斯皮沃恶狠狠地说，"现在快去，把比米希的尸体从那些肮脏的斗篷里取出来，盖上一面丰饶角的国旗，把他停放在蓝色会客厅里。让警卫在门口站岗，然后把比米希太太带到正殿来见我。

"还有，给那些士兵下个命令，在我跟他们训话之前，一律不许回家，不许跟家人说话。所有的人必须统一口径！快去吧，傻瓜，抓紧时间——比米希的寡妇可能会把一切都毁了！"

斯皮沃推推搡搡地挤过那些士兵和马童，来到弗拉蓬身边，弗拉蓬正被人从马背上抬下来。

"别让国王到正殿和蓝色会客厅去。"斯皮沃贴着弗拉蓬的耳朵小声说，"劝他赶紧上床睡觉！"

弗拉蓬点点头，斯皮沃匆匆走开，穿过光线昏暗的王宫走廊，一边走一边脱掉身上灰扑扑的骑装，大声叫仆人给他拿干净衣服来。

来到空无一人的正殿里，斯皮沃穿上干净的上衣，吩咐一个女仆点上一盏孤灯，给他端一杯葡萄酒。然后他等待着。终于，外面响起了敲门声。

"进来！"斯皮沃喊道，罗奇少校走了进来，身边跟着脸色惨白的比米希太太和年幼的伯特。

"我亲爱的比米希太太……我可亲可爱的比米希太太。"斯皮沃说着，大步走到她面前，一把抓住她没牵伯特的那只手，"国王叫我告诉你，他感到非常难过。我也向你表示哀悼。悲剧啊……多么可怕的一场悲剧。"

"为 — 为什么没有人送信？"比米希太太抽泣着说，"为 — 为什么我们要亲眼看见他可怜的 — 可怜的尸体才知道？"

她微微摇晃了一下，罗奇赶紧搬来一把小金椅子。那个叫海蒂的女仆给斯皮沃拿来了葡萄酒，她倒酒的时候，斯皮沃说道：

"亲爱的夫人，事实上我们送信了。我们派出了一位信使 —— 是不是这样，罗奇？"

"没错。"罗奇说，"我们派出一个小伙子，名叫……"

说到这里，罗奇语塞了。他这个人没有什么想象力。

"诺比。"斯皮沃把脑海里想到的第一个名字说了出来，"小诺比……伯顿斯。"他又加了一句，因为闪烁的烛光正好照亮了罗奇衣服上的一颗金纽扣。"是的，小诺比·伯顿斯自告奋勇，然后就骑马离开了。他遇到什么事了呢？罗奇，"斯皮沃说，"我们必须派出一支搜寻队，马上就派，看能不能寻找到诺比·伯顿斯的下落。"

"我这就去，大人。"罗奇深深鞠了一躬，走了。

"我……我丈夫是怎么死的？"比米希太太轻声问。

"是这样的，夫人。"斯皮沃说，他说得很小心，他知道他现在说的故事会成为正式的版本，以后必须一直坚持这个说法，"你可能已经听说了，我们一路北上去沼泽乡，因为我们得到消息，伊卡狍格抓走了一条狗。说来遗憾，我们到那儿之后不久，整个队伍就遭到了那怪物的攻击。

"它先扑向国王，国王非常英勇地反抗，把宝剑刺进了那怪物的脖子。可是伊卡狗格的皮太厚了，那不过像被马蜂叮了一下。它被激怒了，想要继续伤人，比米希少校勇敢无畏地跟它展开搏斗，可是说来遗憾，他为国王献出了自己的生命。

"当时弗拉蓬爵爷急中生智，打响了他的喇叭枪，把伊卡狗格吓跑了。我们把可怜的比米希抬出沼泽地，找人自愿把他的死讯带给他的家人。好样的小诺比·伯顿斯主动请缨，然后就骑上他的马走了，在我们到达甘蓝城之前，我一直都以为他早已赶到这里，把这个可怕的噩耗告诉你了。"

"我可以 —— 可以看看我的丈夫吗？"比米希太太哭泣着说。

"当然，当然。"斯皮沃说，"他在蓝色会客厅里。"

他领着比米希太太和伯特 —— 伯特仍然紧紧抓着妈妈的手 —— 走到会客厅的门口，斯皮沃停住了脚步。

"非常抱歉，"他说，"我们不能掀开盖在他身上的国旗。他的伤口太惨烈了，你最好别看 …… 獠牙和尖爪留下的伤口，你知道 ……"

比米希太太又摇晃了一下，伯特赶紧抓住她，让她站稳。这时，弗拉蓬爵爷端着一盘馅饼朝他们走了过来。

"国王上床了。"他含混不清地对斯皮沃说。"哦，你好。"他又说，看着比米希太太，他认识的仆人不多，比米希太太算一个，因为她是做糕点的，"少校的事我很遗憾。"弗拉蓬说，嘴里的馅饼屑喷在比米希太太和伯特身上，"我一向很喜欢他。"

他走开了，斯皮沃打开蓝色会客厅的门，让比米希太太和伯特进去。比米希少校的尸体躺在那里，上面盖着丰饶角的国旗。

"我最后吻他一下总可以吧？"比米希太太抽噎着说。

"恐怕不行。"斯皮沃说，"他的半边脸都没有了。"

"他的手，妈妈。"伯特说，这是他第一次说话，"我想，他的手肯定没受伤。"

斯皮沃还没来得及阻拦小男孩，伯特已把手伸进国旗下面，摸到了爸爸的手，那只手上没有伤痕。

比米希太太跪下来，把那只手吻了一遍又一遍，最后那手上满是泪水，亮晶晶的，就像瓷做的一样。然后，伯特扶着妈妈站起来，两个人没有再说话，离开了蓝色会客厅。

伯特扶着妈妈站起来，两个人没有再说话，离开了蓝色会客厅。

杨芷听　9岁

第17章

古德菲表明立场

斯皮沃看着比米希母子俩从视线中消失后，赶紧去了警卫室，他发现罗奇在那里看守着皇家卫队的其他人。房间的墙上挂着数把宝剑和弗雷德国王的一幅肖像，国王的眼睛似乎注视着正在发生的一切。

"他们越来越烦躁了，大人。"罗奇小声说，"他们想回家见老婆孩子，想上床睡觉。"

"我们稍微谈几句之后，他们就能离开了。"斯皮沃说，走过去面对那些风尘仆仆的、疲劳的士兵。

"对于沼泽乡发生的事情，你们谁有什么问题吗？"他问那些人。

士兵们互相看了看。其中几个偷偷瞟了瞟罗奇，罗奇已经退到墙边，正在擦一杆长枪。接着，古德菲上尉把手举了起来，另外两个士兵也举起了手。

"为什么在我们看见比米希的尸体之前，就把他包裹了起来？"古德菲上尉问。

"我想知道那颗子弹打到哪里去了，我们听见了枪声。"第二个士兵说。

"如果那怪物那么大，怎么会只有四个人看见？"第三个士兵问，大家纷纷点头，小声表示赞同。

"这些问题都很好。"斯皮沃平静地回答，"我来一一解释。"他把刚才对比米希太太说的遭怪物袭击的故事又说了一遍。

提问题的几个士兵还是半信半疑。

"那么大的一个怪物就在那儿，我们竟然谁也没看见，我还是认为很奇怪。"第三个士兵说。

"如果比米希被吃掉了一半，为什么没看到多少血迹呢？"第二个士兵问。

"还有，看在一切神圣之物的分上，"古德菲上尉说，"诺比·伯顿斯是谁？"

"你怎么知道诺比·伯顿斯的？"斯皮沃想也没想，脱口问道。

"我从马厩来这儿的路上，碰到一个女仆，海蒂。"古德菲说，"她伺候您喝酒来着，大人。根据她的说法，您当时正告诉比米希那可怜的妻子，说皇家卫队有个叫诺比·伯顿斯的卫兵。根据您的说法，诺比·伯顿斯被派去给比米希的妻子送信，告诉她丈夫的死讯。

"可是我不记得有诺比·伯顿斯这个人。我从来不认识有谁叫诺比·伯顿斯。所以我问您，我的爵爷，这怎么可能？有个人跟我们一起骑马，跟我们一起露营，而且就当着我们的面接受爵爷您的吩咐，怎么会我们谁都没有看见过他呢？"

斯皮沃首先想到的，是他必须处理一下那个爱偷听的女仆。幸好古德菲说出了她的名字。接着，他用一种恶狠狠的声音说：

"你有什么权利代表大家说话，古德菲上尉？ 也许这些人中间有人比你记性好，也许他们能清楚地记得可怜的诺比·伯顿斯。好样的小英雄诺比，国王为了纪念他，这星期会给每人的薪水增加一大袋金子。骄傲、勇敢的诺比，他的牺牲 —— 我担心那怪物不仅吃掉了比米希，也吃掉了他 —— 他的牺牲会给他所有的战友带来加薪。高贵的诺比·伯顿斯，跟他关系最好的朋友肯定能得到迅速提拔。"

斯皮沃说完这番话，周围又是一片沉默，这次的沉默有一种冰冷而沉重的意味。现在，整个皇家卫队都明白了摆在他们面前的选择。他们在脑子里反复掂量着，大家都知道斯皮沃对国王的影响力有多么巨大，而且此刻罗奇少校在那里杀气腾腾地抚摩自己那杆长枪的枪管，他们还想起了曾经的首领比米希少校突然就那么死了。他们还考虑到，只要答应相信伊卡狍格的存在，相信二等兵诺比·伯顿斯确有其人，他们就能得到更多的金子和迅速的提升。

古德菲猛地站了起来。他动作太突然，椅子哗啦被掀倒在地。

"从来就没有诺比·伯顿斯这个人，而且我敢发誓伊卡狍格根本不存在，我决不会参与一场骗局！"

另外两个提问题的人也站了起来，但皇家卫队的其他人仍然坐着，沉默不语地观察着。

"很好。"斯皮沃说，"你们三个因可耻的叛国罪而被捕。我相信你们的这些战友还记得，当伊卡狍格出现时，你们都吓得只顾逃命。你们忘记了保护国王的职责，只想着保住你们自己懦弱的小命！现在判处你们死刑，由行刑队执行。"

他挑选了八个士兵，叫他们把那三个人带走。三个正直的士兵拼命地挣扎，可是寡不敌众，他们被制服了，一眨眼的工夫就被拖出了警卫室。

"很好。"斯皮沃对留下来的几个士兵说，"确实很好。大家都会得到加薪，以后有升官晋级的机会时，我会记得你们的名字。好了，别忘了告诉你们的家人沼泽乡到底发生了什么。如果有人听到你们的父母和老婆孩子提出质疑，不相信伊卡狍格和诺比·伯顿斯的存在，他们恐怕就会凶多吉少。

"现在你们可以回家了。"

第18章

顾问之死

卫兵们刚站起来准备回家，弗拉蓬爵爷冲进房间，一脸紧张的样子。

"又怎么了？"斯皮沃唉声叹气，他多么渴望他的热水澡和床铺啊。

"首 —— 席 —— 顾 —— 问！"弗拉蓬气喘吁吁地说。

果然，首席顾问海林布这时出现了，穿着睡袍，满脸怒气。

"阁下，我需要一个解释！"他大声说，"传到我耳里的那些鬼话是怎么回事？伊卡狍格，真的存在？比米希少校，死了？而且我刚才经过时，看见国王的三个卫兵被拖走，被判了死刑！当然，我吩咐把他们送进地牢，等候审判！"

"我可以解释一切，首席顾问。"斯皮沃鞠了一躬，然后他那天晚上第三遍讲了那个故事：伊卡狍格如何攻击国王，如何害死了比米希，诺比·伯顿斯如何离奇失踪 —— 斯皮沃担心他也落入了那怪物的魔爪。

海林布一直对斯皮沃和弗拉蓬对国王的控制感到惋惜，他等着斯皮沃把这连篇的谎话讲完，那神情就像一只狡猾的老狐狸，在兔子洞口等待着一顿美餐。

"真是个精彩的故事。"斯皮沃讲完后，他说道，"不过，我在此解除你对此事的进一步责任，斯皮沃爵爷。现在由顾问们全权负责。丰饶角自有法律和协议来处理这样的紧急状况。

"第一，必须让地牢里的那几个人接受正式审判，这样我们可以听听他们怎么讲述这些事。第二，必须查看国王士兵的花名册，找到这位诺比·伯顿斯的家人，向他们通知他的死讯。第三，必须让国王的御医仔细检查比米希少校的尸体，这样我们就能了解那个害死他的怪物的更多情况。"

斯皮沃把嘴巴张得老大，但什么话也没说出来。他看见他的整个绝妙的计划已经坍塌，倒下来把他压在底下，他被自己的聪明囚禁住了。

这时，站在首席顾问身后的罗奇少校慢慢地放下手里的长枪，从墙上摘下一把宝剑。罗奇和斯皮沃迅速交换了一下眼神，像漆黑水面上闪过的一道光，斯皮沃说：

"我认为，海林布，你已经该退休了。"

金属的光亮一闪，罗奇那把宝剑的剑尖从首席顾问腹部顶了出来。士兵们倒抽一口冷气，但首席顾问一声也没吭。他只是跪了下来，然后倒在地上，死了。

斯皮沃看着周围的士兵，他们都愿意相信伊卡狍格真的存在。他很喜欢看到每张脸上恐惧的表情。他能感觉到自己的威力。

"大家有没有听见首席顾问在退休前任命我接替他的工作？"他轻声问。

士兵们都点点头。他们刚才站在一旁目睹了这场谋杀，觉得自己脱不了干系，不敢反抗。眼下，他们一心只想活着逃出这个房间，保护自己的家人。

"那么很好。"斯皮沃说，"国王相信伊卡狛格真的存在，我支持国王。我是新任首席顾问，我要制订一个保护国家的计划。凡是忠于国王的人，会发现他们的生活跟以前没有什么两样。但是那些反对国王的人，会像懦夫和叛徒那样受到惩罚 —— 被判处监禁，或者死刑。

"现在，我需要你们中间出一个人，协助罗奇少校掩埋我们亲爱的首席顾问的尸体 —— 注意，一定要把他埋在不会被发现的地方。你们其他人可以回到家人的身边，告诉他们有什么样的危险正在威胁着我们深爱的丰饶角。"

第19章

艾斯兰达小姐

斯皮沃大步流星地朝地牢走去。海林布不在了，现在没有什么能阻止他杀死那三个正直的士兵。他打算亲手枪决他们。事后有的是时间编一个故事——也许可以把他们的尸体放在珍藏王冠珠宝的地下室里，伪造出他们想偷宝物的假象。

可是，斯皮沃刚把手放在地下室的门上，身后的黑暗中便响起了轻轻的说话声。

"晚上好，斯皮沃爵爷。"

他转过身，看见艾斯兰达小姐走下一道黑暗的旋转楼梯。她头发乌黑，一脸严肃。

"你这么晚还没睡觉，我的小姐。"斯皮沃说着，鞠了一躬。

"是的。"艾斯兰达小姐说，她的心跳得很快，"我——我睡不着，就想出来溜达溜达。"

这是假话。实际上，艾斯兰达本来在床上睡得正香，突然被卧室门外疯狂的敲门声惊醒。她打开门，发现海蒂站在门口。这个女仆曾给斯皮沃拿去葡萄酒，听见了他编造的关于诺比·伯顿斯的谎话。

海蒂非常好奇，想知道斯皮沃编了诺比·伯顿斯的故事之后打算做什么，于是她悄悄溜到了警卫室，把耳朵贴在门上，听到了里面发生的一切。三个正直的士兵被拖走时，海蒂跑开躲了起来，然后她冲上楼，叫醒了艾斯兰达小姐。她想救出那几个将要被枪决的人。女仆不知道艾斯兰达暗恋着古德菲上尉。她只是在宫中所有的淑女中最喜欢艾斯兰达小姐，知道她非常善良和聪明。

艾斯兰达小姐急忙把几个金币塞进海蒂手里，嘱咐她连夜离开王宫，因为她担心女仆现在的处境可能非常危险。然后，艾斯兰达小姐用颤抖的手穿好衣服，抓起一盏灯笼，匆匆走下她卧室旁边的旋转楼梯。可是，就在走到楼梯底部时，她突然听见了说话声。艾斯兰达吹灭灯笼，听着海林布吩咐把古德菲上尉和他的两个朋友送进地牢，而不是立刻枪决。这之后她一直藏在楼梯上，因为她有一种感觉，那几个人面临的危险可能还没有过去——果然，斯皮沃爵爷出现了，正拿着手枪往地牢走。

"首席顾问在附近吗？"艾斯兰达小姐问，"我先前好像听见了他的声音。"

"海林布退休了。"斯皮沃说，"此刻站在你面前的，是新任首席顾问，我的小姐。"

"哦，祝贺你！"艾斯兰达说，假装很高兴，其实内心十分恐惧，"那么，将由你来监督对地牢里那三个士兵的审判了，是

　　然后，艾斯兰达小姐用颤抖的手穿好衣服，
抓起一盏灯笼，匆匆走下她卧室旁边的旋转楼梯。

孙清雅　13岁

不是？"

"你消息真灵通啊，艾斯兰达小姐。"斯皮沃说，一边仔细地审视着她，"你怎么知道地牢里有三个士兵？"

"我碰巧听见海林布提到了他们。"艾斯兰达小姐说，"看来他们都是很受尊敬的人。海林布说必须让他们得到公正的审判。我知道弗雷德国王会赞同的，因为他十分在意自己的声望——他正该这样，一位国王要想有所作为，必须受人爱戴。"

艾斯兰达小姐假装只考虑到国王的声望，她装得很像，我想十个人中有九个人都会信以为真。不幸的是，斯皮沃听出了她的声音在颤抖，怀疑她肯定是爱上了那几个人中的一个，才会半夜三更匆匆跑下楼来，希望救他们一命。

"我在想，"他说，一边专注地盯着她，"他们中间是谁让你这么挂念呢？"

艾斯兰达小姐多么想阻止自己脸红啊，然而很不幸，她做不到。

"我认为不会是奥格登，"斯皮沃思索着说，"因为他是个很普通的男人，而且已经有妻子了。会不会是瓦斯塔夫呢？他倒是个风趣的家伙，可惜爱生疖子。不，"斯皮沃爵爷轻声说，"我认为，让你脸红的肯定是英俊潇洒的古德菲上尉，艾斯兰达小姐。可是你真的要这样降低身份吗？他的父母都是做奶酪的，你知道。"

"一个人只要行为高贵，做奶酪还是当国王对我来说没什么区别。"艾斯兰达说，"如果那些士兵没有经过审判就被枪决，国王的名誉就会受损，等国王醒了我要这样告诉他。"

说完，艾斯兰达转过身，微微颤抖地走上旋转楼梯。她不知道自己说的这些话能不能挽救几个士兵的生命，一夜都没睡着觉。

斯皮沃仍然站在阴冷的走廊里，直到双脚冻得几乎失去了知觉。他要拿定主意怎么做。

一方面，他巴不得赶紧摆脱那几个士兵，他们知道得太多了。另一方面，他担心艾斯兰达小姐说得有道理：如果那些人未经审判就被枪决，人们肯定会责怪国王。然后弗雷德就会对斯皮沃动怒，说不定还会剥夺他首席顾问的职务。那样的话，斯皮沃从沼泽乡回来的一路上做的那些关于权力和财富的美梦，就全都要泡汤了。

于是，斯皮沃从地牢门口转过身，回去睡觉了。想到他曾经想娶的艾斯兰达小姐竟然更喜欢那个奶酪商的儿子，他的心被深深刺伤了。斯皮沃吹灭蜡烛，暗自打定主意，总有一天要让那女人为这样的侮辱付出代价。

第20章

给比米希和伯顿斯的勋章

第二天早晨，弗雷德国王醒来后，得知他的首席顾问竟然在国家历史上最危难的时刻决定退休，感到非常生气。接着他得知斯皮沃爵爷将要接任这个职务，才大大地松了口气，弗雷德知道，斯皮沃很清楚国家面临怎样巨大的危险。

弗雷德现在回到了王宫里，周围有高高的城墙，还有装满炮弹的炮塔、铁闸门和护城河，他感到安全多了，但还是无法摆脱旅途带给他的恐惧。他整天把自己关在他的私人套房里，三顿饭都让仆人用金托盘端给他。他不再出去狩猎，而是在厚厚的地毯上踱来踱去，回想他在北方的可怕遭遇，他什么人也不见，只见他的那两个密友。他们格外留意，不让他的恐惧消失。

他们从沼泽乡回来的第三天，斯皮沃走进国王的私人套房，神色严峻地宣布说，被派去沼泽地寻找二等兵诺比·伯顿斯下落的那些士兵，只发现了诺比血迹斑斑的鞋子、一块马蹄铁和几根被啃得没了肉的骨头。

国王脸色变得惨白，一屁股坐在一张缎子沙发上。

"哦，多么恐怖，多么恐怖 …… 二等兵伯顿斯 …… 给我提个醒，他是哪一位？"

"年轻人，长着雀斑，是一位寡妇的独生子。"斯皮沃说，"皇家卫队刚招的新兵，一个非常有前途的孩子。真是悲剧啊。最糟糕的是，从比米希到伯顿斯之间的这段时间里，伊卡狍格养成了吃人肉的爱好 —— 完全就像陛下预言的那样。在我看来，陛下从一开始就洞察到了危险，实在是令人惊叹。"

"可 — 可是怎么办呢，斯皮沃？ 如果那怪物渴望吃到更多的人 ……"

"交给我吧，陛下。"斯皮沃宽慰地说，"您知道，我是首席顾问，为了保证国王的安全，我日夜都在工作。"

"我真高兴海林布任命你接替他的工作，斯皮沃。"弗雷德说，"没有你，我可怎么是好啊！"

"不值一提，陛下，能为您这样仁慈的国王效劳是我的荣幸。

"现在，我们应该商量一下明天的葬礼。我们打算把伯顿斯的遗骨埋葬在比米希少校旁边。场面会很隆重，您知道，有许多仪式，盛况空前。我想，如果您能给两位死者的亲属颁发'对抗致命的伊卡狍格的杰出勇士'勋章，那将会是非常动人的一幕。"

"哦，还有勋章？"弗雷德说。

"当然要有，陛下，这倒提醒了我 —— 您还没有拿到您的勋章呢。"

斯皮沃从上衣内侧的口袋里掏出一个十分华丽的金质勋章，

几乎有茶杯托那么大。勋章上刻着一头怪物，瞪着亮晶晶的红宝石眼睛，一位身强体壮、戴着王冠的英俊男人正在与它搏斗。勋章挂在一根深红色的丝绒带子上。

"我的？"国王说着，睁圆了眼睛。

"当然，陛下！"斯皮沃说，"陛下您不是把宝剑刺进了怪物丑陋的脖子里吗？我们都记得当时的情景，陛下！"

弗雷德国王用手摸着沉甸甸的金质勋章。他什么也没说，但内心默默地在做思想斗争。

弗雷德诚实的一部分用细小而清晰的声音说话了：事情不是那样的。你知道不是那么回事。你在大雾里看见伊卡狍格后，丢下你的宝剑逃跑了。你没有用剑刺它。你根本没有靠得那么近！

可是弗雷德怯懦的一部分咆哮起来，声音盖过了他的诚实：你已经认可了斯皮沃对事情的说法！如果你承认当时逃跑了，会显得多么丢人啊！

弗雷德虚荣的一部分说话声音最响：毕竟，是我率领队伍去寻找伊卡狍格的！也是我第一个看见它的！我有资格得到这枚勋章，而且，它挂在我那件黑色葬礼服上会是多么醒目漂亮啊。

于是弗雷德说道：

"没错，斯皮沃，事情就像你说的那样。当然啦，本人不喜欢自吹自擂。"

"陛下的谦虚是众人皆知的。"斯皮沃说着，深深地鞠躬，掩盖脸上得意的笑容。

第二天被宣布为全国哀悼日，纪念伊卡狍格的受害者。人群聚集在街道两边，注视着比米希少校和二等兵伯顿斯的棺材放在马车上，被插着羽毛的黑马拉着往前走。

弗雷德国王骑着一匹漆黑的马跟在棺材后面，"对抗致命的伊卡狍格的杰出勇士"勋章在他的胸前跳动，在阳光下射出强烈的光芒，刺痛了人们的眼睛。比米希太太和伯特走在国王后面，也穿着黑衣服，他们身后是一个哭天喊地的老太太，戴着一顶姜黄色的假发，据介绍，她是伯顿斯太太，诺比的妈妈。

"哦，我的诺比啊。"她一边走一边哀号道，"哦，打倒可怕的伊卡狍格，是它害死了我那可怜的诺比啊！"

棺材被放进了墓穴，国王的号兵们吹响了国歌。伯顿斯的棺材特别重，因为里面装满了砖头。当十个大汗淋漓的男人把她儿子的棺材放进土里时，怪模怪样的伯顿斯太太又哭嚎起来，一遍遍地咒骂伊卡狍格。比米希太太和伯特默默地站在一旁哭泣。

然后，弗雷德国王吩咐受害者的亲属上前，领取死者的勋章。对待比米希和那个虚构出来的伯顿斯，斯皮沃不准备像对待国王那样大把花钱，所以给他们的勋章不是金的，而是银的。不过，场面还是非常感人，特别是伯顿斯太太情绪那么激动，竟然扑通跪在地上，亲吻国王陛下的靴子。

比米希太太和伯特从葬礼上走回家，人们尊敬地让出路来，让他们经过。比米希太太只停下来一次，她的老朋友多夫泰先生从人群中走出来，向她表达自己的慰问。两人拥抱在一起。

黛西很想对伯特说些什么，可是周围有那么多人看着，而且她根本捕捉不到伯特的目光，因为伯特一直阴沉着脸盯着自己的脚。没等她反应过来，她爸爸就松开了比米希太太，黛西目送着她的好朋友和他妈妈走出了她的视线。

回到自己的小屋里，比米希太太一头扑倒在床上，伤心地哭着，停不下来。伯特想安慰妈妈，但无济于事，于是他拿着爸爸的勋章走进自己的房间，把勋章放在壁炉架上。

伯特退后几步打量，才发现他把爸爸的勋章放在了那个木头伊卡狍格的旁边，那是多夫泰先生很久以前给他雕刻的。在这之前，伯特还没有把玩具伊卡狍格跟爸爸的死联系在一起。

这时，他把木头模型从壁炉架上拿起来，放在地板上，然后操起一根拨火棍，把玩具伊卡狍格砸成了碎块。他捡起被砸烂的玩具，扔进了炉膛。他注视着火苗跳动着越升越高，心里暗暗发誓，等他再长大些，一定要去追捕伊卡狍格，找那个害死他爸爸的怪物报仇。

第21章

弗劳迪山教授

葬礼第二天早晨，斯皮沃又敲响了国王套房的门，他抱着一大堆羊皮纸走进来，把它们丢在国王面前的桌子上。

"斯皮沃，"弗雷德说，他仍然戴着他那枚"对抗致命的伊卡狍格的杰出勇士"勋章，为了让勋章显得更突出，还专门穿了件深红色的衣服，"这些蛋糕不像平常那么好吃。"

"哦，真是遗憾，陛下。"斯皮沃说，"我认为应该给比米希的遗孀放几天假。这些蛋糕是助理糕点师做的。"

"啧，真难嚼。"弗雷德说着，把吃了一半的"浮华的幻想"丢在盘子里，"这些羊皮纸都是什么呀？"

"陛下，这是改进针对伊卡狍格的国防措施的一些建议。"斯皮沃说。

"太好了，太好了。"弗雷德国王说，他把蛋糕和茶壶挪开，腾出一些地方，斯皮沃拉过来一把椅子。

"首先需要做的，陛下，是尽量多了解伊卡狍格的情况，这样才更容易弄清怎样能打败它。"

"嗯，是啊，可是怎么了解呢，斯皮沃？ 那怪物是一个谜！这么多年来，大家都以为它是想象出来的！"

"恕我冒昧，陛下此言差矣。"斯皮沃说，"我通过不断寻找，终于找到了整个丰饶角最权威的伊卡狍格专家。弗拉蓬爵爷正陪着他在大厅里等着呢。如果陛下允许的话——"

"把他带进来，把他带进来，快！"弗雷德兴奋地说。

斯皮沃离开了房间，不一会儿，他带着弗拉蓬爵爷和一个小老头儿进来了。老头儿头发花白，戴着一副眼镜，厚厚的镜片遮得他的眼睛几乎看不见了。

"陛下，这位是弗劳迪山教授。"那个鼹鼠一样的小老头儿对国王深深鞠躬时，弗拉蓬说道，"关于伊卡狍格的情况，凡是他不知道的，就根本没必要知道！"

"我以前怎么从没听说过你，弗劳迪山教授？"国王问，他心里想，如果早知道伊卡狍格真的存在，而且还有这方面的专家，他当初就根本不会去寻找它了。

"我已经过着退休的生活，陛下。"弗劳迪山教授又鞠了一躬，说道，"相信伊卡狍格存在的人太少了，我渐渐习惯于把我的知识只留给自己。"

弗雷德国王对这个回答很满意，斯皮沃松了口气，因为弗劳迪山教授根本就不是真的，他跟二等兵诺比·伯顿斯，还有那个戴着姜黄色假发、在诺比的葬礼上大哭大叫的伯顿斯老寡妇一样，都是编造出来的。事实上，在假发和眼镜的伪装之下，弗劳迪山教授和伯顿斯寡妇是同一个人。他是斯皮沃爵爷的管家，名叫奥托·斯克伦波，斯皮沃爵爷在王宫里的时候，他为爵爷照看庄园。斯克伦波像他的主人一样，为了金子什么都肯做，他看在一百个金币的分上，答应冒充寡妇和教授。

"那么，弗劳迪山教授，关于伊卡狍格，你能告诉我们些什么呢？"国王问。

"这个，让我想想。"冒牌教授说，斯皮沃已经告诉过他该说什么，"它有两匹马那么高 ——"

"至少有那么高。"弗雷德打断他的话，从沼泽乡回来之后，弗雷德的噩梦里总是出现一头巨大的伊卡狍格。

"陛下说得对，至少有那么高。"弗劳迪山说，"我估计中等大小的伊卡狍格有两匹马那么高，体格大一些的可能有 —— 让我想想 ——"

"两头大象那么高。"国王说。

"两头大象那么高。"弗劳迪山赞同道，"两只眼睛像灯笼 ——"

"更像闪亮的火球。"国王说。

"我正想这么形容呢，陛下！"弗劳迪山说。

"那怪物真的会说人话吗？"弗雷德问，在他的噩梦里，怪物一边穿过黑暗的街道悄悄向王宫靠近，一边低声念叨，"国王 …… 我要国王 …… 你在哪儿，小国王？"

"是的，的确会说。"弗劳迪山又深鞠一躬，说道，"我们认为，伊卡狍格把人囚禁起来，跟他们学说人话。我们认为，伊卡狍格在把受害者开膛破肚吃掉之前，逼着他们给它上语文课。"

伊卡狟格

"受苦受难的圣人啊，多么野蛮的行径！"弗雷德小声说，脸色变得煞白。

"而且，"弗劳迪山说，"伊卡狟格记性很好，还特别爱记仇。如果一个受害者用计谋打败了它 —— 比如陛下您就打败过它，从它致命的魔爪中逃脱出来 —— 它有时会在黑暗的掩护下偷偷溜出沼泽地，趁受害者睡觉时夺走其性命。"

弗雷德的脸色变得更白了，比他吃了一半的"浮华的幻想"上的雪白糖霜还要白，他哑着嗓子说：

"怎么办呢？我完蛋了！"

"别这么说，陛下。"斯皮沃给他打气道，"我已经制定了一系列措施来保护您的安全。"

说着，斯皮沃从他拿来的羊皮纸里抽出一张，展了开来。羊皮纸占据了大半个桌面，纸上的彩图是一个有点像火龙的怪物。那怪物庞大、丑陋，身上满是厚厚的黑鳞片，一双白眼睛发出亮光，尾巴尖是一根毒刺，长满獠牙的嘴大得能吞下一个人，爪子长长的，像刀片一样锋利。

"对抗伊卡狟格需要克服好几个困难。"弗劳迪山教授说，他拿出一根短棍，依次指着獠牙、爪子和那根毒刺，"其中难度最大的挑战是：杀死一个伊卡狟格时，会有两个新的伊卡狟格从它的尸体里冒出来。"

"不可能吧？"弗雷德微微地喘着气说。

"哦，没错，陛下。"弗劳迪山说，"我一辈子都从事对这种怪物的研究，我可以向您保证，我的发现是绝对正确的。"

　　纸上的彩图是一个有点像火龙的怪物。那怪物庞大、丑陋……
长满獠牙的嘴大得能吞下一个人，爪子长长的，像刀片一样锋利。

肖骁潇　8岁

伊卡狍格

　　"陛下可能还记得，许多关于伊卡狍格的古老传说里都提到过这个奇怪的现象。"斯皮沃插嘴道，他特别需要国王相信伊卡狍格有这种奇异的特性，因为他的计划大半都依赖于此。

　　"可是这听上去太 —— 太不可能了！"弗雷德弱弱地说。

　　"表面上看，确实不太可能，是不是，陛下？"斯皮沃又鞠了一躬，说道，"事实上，这种非同一般、令人难以置信的说法，只有最聪明的人才能理解，而普通老百姓 —— 愚蠢的老百姓，陛下 —— 听了只会傻乎乎地发笑。"

　　弗雷德的目光从斯皮沃移向弗拉蓬，又移向弗劳迪山教授；他们三个似乎都在等着弗雷德证明自己有多聪明，弗雷德当然不愿意显得愚蠢，于是就说："是啊 …… 好吧，既然教授这么说，我当然是相信的 …… 可是，如果每次怪物被杀死后都会变成两个怪物，我们怎么才能把它消灭呢？"

　　"是这样，在计划的第一个阶段，我们暂时不消灭它。"斯皮沃说。

　　"不消灭它？"弗雷德泄气地说。

　　斯皮沃这时展开第二张羊皮纸，上面是一幅丰饶角的地图。最北边的角上画着一个巨大的伊卡狍格。在辽阔的沼泽地周围，站着一百个简笔画的小人，手里都拿着剑。弗雷德仔细打量，看其中是不是有人戴着王冠，发现没有，他才松了口气。

　　"陛下，正如您所看到的，我们的第一个提议是专门组建一支伊卡狍格防御大队。这些人会在沼泽乡的边缘巡逻，确保伊卡狍格不离开沼泽地。我们估计这样一支队伍的花费，包括制服、武器、马匹、工钱、培训、伙食、住宿、病假工资、保险金、生日礼物和勋章，大约需要一万个金币。"

"一万个金币？"弗雷德国王说道，"真是不小的一笔金子哪。不过，事情关系到保护我 —— 我是说，事情关系到保护丰饶角 ——"

"一个月一万金币的代价不算大。"斯皮沃替他把话说完。

"一个月一万！"弗雷德惊叫起来。

"是的，陛下。"斯皮沃说，"要想真正保卫我们的国家，花费将是可观的。不过，如果陛下觉得可以削减一些武器 ——"

"不，不，我没有那么说 ——"

"当然啦，我们并不指望陛下独自承担这笔费用。"斯皮沃继续说。

"是吗？"弗雷德说，突然看到了希望。

"哦，是的，那将是极不公平的。毕竟，伊卡狍格防御大队会使整个国家受益。我建议征收一笔伊卡狍格税。我们要求丰饶角的每户人家每个月交一个金币。当然，这就需要招收和培训许多新的税收官，但如果我们把税费提高到两个金币，就能把这笔费用也覆盖了。"

"太妙了，斯皮沃！"弗雷德国王说，"你的脑瓜儿真聪明！是啊，每个月两个金币 —— 这点损失人们几乎注意不到。"

第22章

没挂旗子的房子

就这样，为了保护国家不受伊卡狍格的侵害，丰饶角的每户人家每个月都要被征收两个金币的税金。没过多久，税收官就成了丰饶角大街小巷上常见的身影。他们的黑色制服的后背上印着两个恶狠狠的白色大眼睛，如同灯笼一样。这是为了提醒大家税金是做什么用的，但是人们在酒馆里压低声音议论，说那其实是斯皮沃爵爷的眼睛，他在盯着每个人交税金。

收到大量的金币之后，斯皮沃决定立一座雕像，纪念一名伊卡狍格的受害者，同时警告人们别忘了伊卡狍格是多么残暴的野兽。起初，斯皮沃打算立一座比米希少校的雕像，可是他安插在丰饶角各家酒馆的密探向他报告说，真正抓住众人想象力的是二等兵伯顿斯的故事。勇敢的小英雄伯顿斯，自告奋勇地骑马消失在黑夜中，去传递少校意外死亡的消息，结果自己也在伊卡狍格的嘴里送了命，大家都觉得他是一个悲壮而勇敢的英雄，应该给他立一座漂亮的雕像。至于比米希少校嘛，他的死似乎只是一个意外，他摸黑在大雾弥漫的沼泽地里糊里糊

涂地乱走，丢了性命。事实上，甘蓝城的那些酒鬼还有点怨恨比米希，要不是他，诺比·伯顿斯怎么会拿生命去冒险呢？

斯皮沃很愿意迎合公众的情绪，就让人打造了一座诺比·伯顿斯的雕像，竖立在甘蓝城最大的广场中央。伯顿斯骑在一匹威武的战马上，青铜质的斗篷在身后飘扬，稚气的脸上有一种坚毅的神情——他骑马返回城中城的姿势被永远定格了。人们每个星期天都在雕像底部献花，这成了一种时尚。有一个长相很普通的年轻女人每天都来献花，她声称自己原本是诺比·伯顿斯的女朋友。

斯皮沃还决定花一些金币执行一个计划，分散一下国王的注意力，因为弗雷德仍然吓得不敢出去狩猎，生怕伊卡狍格会悄悄逃窜到南方来，躲在森林里偷袭他。斯皮沃和弗拉蓬整天陪着弗雷德，都感到很厌烦，就想出了一个对策。

"我们需要一幅您跟伊卡狍格搏斗的画像，陛下！这是全国人民的呼声！"

"真的吗？"国王说，用手摆弄着他的纽扣，今天的纽扣是绿宝石的。弗雷德想起他第一次试穿战袍的那天早晨，就雄心勃勃地幻想自己杀死伊卡狍格的样子被画下来。他非常喜欢斯皮沃的这个主意，于是，在接下来的两个星期，他忙着挑选和试穿一件新的战袍，因为旧的那件在沼泽地里沾了许多烂泥。他又定做了一把新的镶宝石的宝剑。然后，斯皮沃雇来了丰饶角最优秀的肖像画家马利克·莫特莱，弗雷德摆姿势摆了好几个星期，以便让画家画一幅大得能盖住正殿里一整面墙的肖像。

莫特莱身后坐着五十个成就较低的画家，都在临摹莫特莱的画，这样就能画出许多小幅的肖像，分发到丰饶角的每一个城镇、乡村。

莫特莱和其他画家给国王画肖像时，国王为了给他们解闷，便给他们讲述自己勇斗怪物的光荣经历；讲着讲着，他发现自己越来越相信那就是事实了。弗雷德整天乐呵呵地忙着这件事，斯皮沃和弗拉蓬便有空管理国家，把每个月剩下的一箱箱金币瓜分一下，趁月黑风高的时候运往两位爵爷的乡村庄园了。

可是，你也许会问，海林布手下的另外十一位顾问呢？首席顾问半夜三更突然辞职，从此不见了踪影，他们难道不感到奇怪吗？他们一觉醒来，发现斯皮沃取代了海林布，难道没有提出质疑吗？还有最重要的一点：他们相信伊卡狍格真的存在吗？

这些问题都提得很好，我现在就来回答。

他们当然私下里议论过，认为斯皮沃未经正式选举，没有资格掌管大权。有一两位顾问甚至考虑到国王那儿去告状。然而，他们最终还是决定作罢，原因很简单，他们害怕。

要知道，皇家公告已经张贴在丰饶角的每一座城市和乡村的广场，都是斯皮沃拟写的，还有国王的亲笔签名。质疑国王的决定，是叛国罪；提出伊卡狍格可能不存在，是叛国罪；认为不需要征收伊卡狍格税，是叛国罪；每个月没缴纳两个金币，也是叛国罪。如果你去告密，揭发某人说伊卡狍格并不存在，还能得到十个金币的奖励。

顾问们很害怕被指控犯有叛国罪。他们可不想被关进地牢里，还是眼下的生活愉快得多。住在分配给顾问的漂亮豪宅里，继续穿着特制的顾问长袍，有了这身袍子，在糕点铺里就不用排队，可以直接走到最前面。

因此，他们赞成伊卡狍格防御大队的所有花费。那些成员穿的是绿色制服，斯皮沃说，绿色能使他们在沼泽地的野草里藏得更隐蔽。防御大队威风凛凛地走在丰饶角所有大城市的街道上，很快就成为一道常见的风景。

有些人可能纳闷，防御大队为什么骑马在大街上朝人们招手，而不是驻守在据说那怪物出没的北边呢？但他们不敢把这个想法说出来。而他们身边的大多数市民争先恐后地展示自己由衷地相信伊卡狍格真的存在。他们把弗雷德国王勇斗伊卡狍格那幅画像的廉价复制品贴在窗户上，并在门上挂一些木牌，上面写着"对抗伊卡狍格，纳税光荣"和"打倒伊卡狍格，拥护国王！"之类的口号。有的父母甚至还教孩子们对税收官鞠躬、行屈膝礼。

比米希家的房子上挂着那么多打倒伊卡狍格的小旗子，简直看不见原来的小木屋是什么模样了。伯特终于回学校上课了，但是黛西感到很失望，因为伯特课间休息时总是跟罗德里克·罗奇在一起，谈论两人将来要一起参加伊卡狍格防御大队，去杀死怪物的事。黛西从来没有这么孤独过，她真想知道伯特是不是也想念她。

在城中城里，只有黛西家的房子上没有任何旗子，也没有挂着"积极缴税、对抗伊卡狛格"的木牌。而且，每次伊卡狛格防御大队骑马经过时，黛西的爸爸都把她留在屋里，而不是催她赶紧跑进花园，像邻居家的孩子那样大声欢呼。

斯皮沃爵爷注意到了墓地旁的这座小房子没有挂旗子和木牌，他把这件事记在了他那狡猾的脑海深处，那里保存着他将来可能用得上的所有信息。

在城中城里，只有黛西家的房子上没有任何旗子，
也没有挂着"积极缴税、对抗伊卡狍格"的木牌。

孙清如　10岁

第23章

审 判

　　我相信，你肯定没有忘记那三位被锁在地牢里的勇敢士兵，他们不相信伊卡狍格的存在，也不相信有诺比·伯顿斯这么一个人。

　　其实斯皮沃也没有忘记他们。自从那天夜里他把他们关进地牢之后，就一直在琢磨怎样既能除掉他们，又不让自己受到谴责。他最新的想法是在他们喝的汤里下毒，造成他们自然死亡的假象。他还没有决定用哪种毒药最好，突然，那些士兵的几位亲属出现在了王宫门口，要求跟国王说话。更难办的是，其中还有艾斯兰达小姐，斯皮沃甚至暗暗怀疑这件事完全是她一手安排的。

　　斯皮沃没有带他们去见国王，而是把他们领进了自己那间新的、富丽堂皇的首席顾问办公室，很客气地邀请他们坐下。

　　"我们想知道我们的小伙子什么时候接受审判。"说话的是二等兵奥格登的哥哥，他是一位养猪的农民，住在男爵城的郊外。

"你们已经把他们关了好几个月了。"二等兵瓦斯塔夫的母亲说，她是酒香城一家酒馆的女招待。

"我们想知道他们的罪名是什么。"艾斯兰达小姐说。

"他们被指控犯了叛国罪。"斯皮沃说，一边把喷了香水的手绢在鼻子底下蹭了蹭，眼睛盯着那个养猪的农民。那人浑身上下干干净净，但斯皮沃故意要让他觉得自己抬不起头来；说来遗憾，他的目的达到了。

"叛国罪？"瓦斯塔夫太太惊讶地说，"怎么可能，您在全国都找不到比他们三个对国王更忠心耿耿的臣民了！"

斯皮沃用狡猾的目光反复打量几位焦虑的亲属，他们显然深深地爱着自己的兄弟和儿子，斯皮沃看到艾斯兰达小姐的神情那么担忧，不由得脑海里灵光一现，想出了一个好主意。他不明白自己怎么没有早点想到！他根本不需要给那几个士兵下毒！只需要毁掉他们的名声就够了。

"你们的亲人明天就会接受审判。"他说着站起身来，"审判将在甘蓝城最大的广场上举行，因为我想让尽可能多的人听到他们要说的话。祝你们愉快，女士们、先生们。"

斯皮沃得意地一笑，鞠了个躬，离开那几位满脸惊愕的亲属，朝下面的地牢走去。

三位士兵比他上次见到时消瘦多了，他们不能刮胡子，也没法保持个人卫生，看上去都非常憔悴、邋遢。

"早上好，先生们。"斯皮沃语气轻快地说，典狱长喝醉了酒，正缩在墙角打盹儿，"好消息！你们明天就接受审判。"

"我们到底被指控了什么罪名？"古德菲上尉怀疑地说。

"这个话题我们已经谈过了，古德菲。"斯皮沃说，"你在沼泽地上看见怪物，却没有留下来保护国王，而是自己逃跑了。然后，你为了掩盖自己的懦夫行为，声称那怪物不存在。这是叛国罪。"

"无耻的谎言。"古德菲压低声音说，"随你怎么处置我吧，斯皮沃，我就是要说出真相。"

另外两位士兵，奥格登和瓦斯塔夫，都点头赞同上尉的话。

"你们可以不在乎我怎么处置你们，"斯皮沃微笑着说，"但是你们的家人怎么办呢？瓦斯塔夫，如果你那个当酒馆女招待的母亲，在下楼去地窖的时候突然滑倒，摔裂了头盖骨，那是不是很惨呢？或者，奥格登，如果你那个养猪的哥哥不小心被他自己的镰刀捅死，被他自己的猪吃掉，那是不是很惨呢？或者，"斯皮沃凑到牢门前，盯住古德菲的眼睛，轻声说道，"如果艾斯兰达小姐骑马出了事故，摔断了她那纤细的脖子呢？"

看到了吧，斯皮沃认定了艾斯兰达小姐是古德菲上尉的恋人。他从来没有想过，一个女人会挺身出来保护一个她连话也没说过的男人。

古德菲上尉非常纳闷，斯皮沃爵爷为什么会用艾斯兰达小姐的死来威胁他？不错，他认为艾斯兰达小姐是王国里最漂亮的女人，但他一直把这想法藏在心里。一个奶酪商的儿子怎么可能高攀上宫里的女人呢？

"艾斯兰达小姐跟我有什么关系？"他问。

"别装了，古德菲。"首席顾问恶狠狠地说，"我看见她听到你的名字时脸红了。你以为我是个傻瓜吗？她一直在想方设法保护你，而且，我必须承认，你们几个多亏了她才活到今天。不过，如果你明天不听我的，乱说实话，到时候付出代价的将会是艾斯兰达小姐。她救过你一命，古德菲，你忍心牺牲她的生命吗？"

古德菲惊讶得说不出话来。艾斯兰达小姐竟然爱着自己，这感觉太美妙了，几乎使斯皮沃的威胁都失去了力量。接着上尉明白过来，为了保住艾斯兰达的性命，他第二天必须当众承认自己叛国，而这肯定会彻底斩断艾斯兰达对自己的爱情。

斯皮沃看到三个男人脸上都失去了血色，知道自己的威胁起了作用。

"拿出些勇气来，先生们。"他说，"我相信，只要你们明天实话实说，你们所爱的人就不会遭遇可怕的灾祸……"

于是，审判的告示贴满了都城的大街小巷。第二天，甘蓝城最大的广场上聚集了密密麻麻的人群。三位勇敢的士兵轮流站上一个木头平台，在他们的亲朋好友的注视下，一个接一个地承认他们在沼泽地里遇到了伊卡狍格，但他们没有保护国王，却像胆小鬼一样逃跑了。

人群对士兵们发出嘘声，声音震天响，连法官（斯皮沃爵爷）说的话都听不清了。不过，在斯皮沃宣读判决——终身囚禁在王宫地牢——的时候，古德菲上尉一直盯着跟宫里其他女人一起坐在高高看台上的艾斯兰达小姐的眼睛。有时，两个人短短的对视就能交流千言万语，比其他人说一辈子的话所表达的都要丰富。艾斯兰达小姐和古德菲上尉用眼神所交流的一切，我不会全告诉你，但是艾斯兰达现在知道了，上尉回报了她的情感，而上尉心里也清楚，自己虽然要在牢里度过后半辈子，但艾斯兰达小姐知道他是无辜的。

三名囚犯拴着锁链被押下了平台，人群朝他们身上扔白菜，然后就高声议论着散去了。许多人都觉得斯皮沃爵爷应该把这几个叛国者处以死刑。斯皮沃返回王宫时得意地暗笑，一般来说，尽量让自己显得通情达理才是最明智的做法。

多夫泰先生站在人群后面观看了审判。他没有朝士兵们发嘘声，也没有把黛西一起带来，而是把她留在作坊里刻木头。当多夫泰先生心事重重地走回家时，他看见瓦斯塔夫的母亲哭泣着走在街上，一群年轻人跟在后面朝她扔蔬菜，嘴里发出嘘声。

"你们再敢跟着这女人，我就要你们好看！"多夫泰先生朝那群人喊道，他们看见木匠的大块头，都吓得溜走了。

第24章

溜溜球

黛西马上就要八岁了，她决定请伯特·比米希过来吃茶点。

自从伯特的爸爸死后，黛西和伯特之间似乎出现了一道厚厚的冰墙。伯特总是和罗德里克·罗奇在一起，罗德里克很为自己能跟一个伊卡狛格受害者的儿子做朋友感到得意。黛西很快就要过生日了，她的生日比伯特的早三天，这将是一个好机会，可以弄清他们之间的友谊能否修复。于是，黛西叫爸爸给比米希太太写了张字条，邀请她带着儿子一起过来吃茶点。比米希太太回信接受了邀请，这让黛西感到很高兴，虽然伯特在学校里还是不跟她说话，但她希望在她过生日的时候，所有的问题都能得到解决。

多夫泰先生是国王手下的木匠，工钱不低，但即便是他，每个月缴纳伊卡狛格税时也感到手头很紧；他和黛西买的糕点比平常少了，他也不再买葡萄酒。不过，为了庆祝黛西的生日，多夫泰先生拿出了自己最后一瓶酒香城的葡萄酒，而黛西把她存的所有零花钱凑在一起，给自己和伯特买了两块很贵的"天堂的希望"，她知道这是伯特最爱吃的糕点。

生日茶会一开始并不顺利。多夫泰先生首先提议为比米希少校敬酒，比米希太太立刻就哭了起来。然后四个人坐下来吃东西，但似乎谁也不知道该说什么，后来伯特想起他给黛西买了一件礼物。

伯特曾在一家玩具店的橱窗里见过一个溜溜球，也就是当时人们说的悠悠球，他用自己攒的所有零花钱把它买了下来。黛西以前没见过溜溜球，伯特就教她怎么玩儿，不一会儿，黛西就玩得比伯特还好了。比米希太太和多夫泰先生喝着酒香城的起泡葡萄酒，谈话开始变得轻松愉快多了。

事实上，伯特非常想念黛西，但他不知道怎么跟她和好，因为罗德里克·罗奇一直在旁边看着。此刻，黛西和伯特说起他们的老师喜欢在他以为孩子们没注意的时候抠鼻屎，两人都被逗得放声大笑，很快就觉得庭院里的那场争吵好像从未发生过似的。死去的父母，情绪失控的争斗，勇敢的弗雷德国王……所有这些令人痛苦的话题都被忘到了脑后。

小孩比大人聪明。多夫泰先生很长时间没喝酒了，他不像女儿那么明智，没有停下来想一想也许不该谈论那个据说害死了比米希少校的怪物。后来他的嗓音盖过了孩子们的笑声，黛西才发现爸爸在说什么。

"我想说的是，伯莎，"多夫泰先生几乎是在嚷了，"证据在哪儿呢？我想看到证据，就这么简单！"

"难道你不认为我丈夫被害就是证据吗？"比米希太太说，

她亲切的脸突然变得有些吓人，"还有可怜的小诺比·伯顿斯？"

"小诺比·伯顿斯？"多夫泰先生跟着说了一遍，"小诺比·伯顿斯？既然你提到了，我倒也想看看小诺比·伯顿斯的证据！他是谁？住在哪儿？那个戴着姜黄色假发的老寡妇去了哪儿？你在城中城里碰到过伯顿斯的家人吗？如果你硬要我说，"多夫泰先生挥舞着手里的酒杯说，"如果你硬要我说，伯莎，我倒想问问你，为什么诺比·伯顿斯的棺材那么重？他不是只剩下了一双鞋和一根小腿骨吗？"

黛西气恼地朝爸爸使眼色，想让他闭嘴，可是多夫泰先生没有注意。他又喝了一大口葡萄酒，说道："这不合理，伯莎！这不合理啊！说不定——注意，这只是一个猜测——说不定是可怜的比米希从马背上掉下来，摔断了脖子，而斯皮沃爵爷发现这是个机会，可以假称是伊卡狍格害死了少校，然后向我们所有的人收一大堆金币！"

比米希太太慢慢地站了起来。她个子不是很高，但此刻在愤怒中，她看上去好像比多夫泰先生高了一头。

"我的丈夫，"她轻声说，声音那么冷，黛西感到身上起了鸡皮疙瘩，"是整个丰饶角最优秀的骑兵。我的丈夫绝不会从马背上摔下来，就像你不会用斧子把自己的腿砍掉一样，丹·多夫泰。除了可怕的怪物，没有什么能杀死我的丈夫，你最好管住自己的舌头，因为说伊卡狍格不存在是叛国罪！"

"叛国罪！"多夫泰先生讥笑道，"别胡扯了，伯莎，你该不会是说你相信这一套叛国罪的鬼话吧？天知道，就在几个月前，不相信伊卡狍格的都是聪明人，不是叛徒！"

"那时候我们还不知道伊卡狍格真的存在！"比米希夫人尖叫道，"伯特 —— 我们回家！"

"不 —— 不 —— 求求你们别走！"黛西喊道。她抓起她藏在椅子下面的一个小盒子，追着比米希母子跑进了花园。

"伯特，停一停！看 —— 我给我们买了'天堂的希望'，花光了我所有的零花钱！"

黛西哪里知道，伯特现在一看见"天堂的希望"就立刻会想到他得知爸爸死讯那天的情景。他最后一次吃"天堂的希望"是在国王的厨房里，当时妈妈向他保证，如果比米希少校真的出了什么意外，他们肯定会得到消息的。

尽管如此，伯特并没有打算把黛西的礼物打翻在地。他只是想把它推开。不巧的是，黛西一把没有抓牢盒子，两块昂贵的蛋糕掉进花坛，沾满了泥土。

黛西哭了起来。

"好吧，看来你只在乎蛋糕！"伯特喊了一声，就打开花园的门，领着妈妈离开了。

不巧的是，黛西一把没有抓牢盒子，
两块昂贵的蛋糕掉进花坛，沾满了泥土。

孙一宁　7岁

第25章

斯皮沃爵爷的麻烦事

　　让斯皮沃爵爷感到头疼的是，不止多夫泰先生一个人开始对伊卡狍格的存在表示怀疑。

　　丰饶角正慢慢变得越来越穷。有钱的商人支付伊卡狍格税金倒是没问题。他们每个月交给税收官两个金币，为了弥补损失，就提高了他们的糕点、奶酪、火腿和葡萄酒的价格。而对于穷人来说，每个月要筹到两个金币越来越难了，特别是集市上的食物卖得一天比一天贵。与此同时，北边沼泽乡的孩子们变得越发地面黄肌瘦。

　　斯皮沃在每一个城市和乡村都安插了密探，他听密探们汇报说，人们想知道他们交的金币都用在了哪里，甚至要求看到怪物仍然构成威胁的证据。

　　有这样一种说法：丰饶角几大城市的居民性格迥异。据说酒香城的人喜欢吵架和做梦；美酪城的人性格平和，很有礼貌；甘蓝城的居民有些骄傲，甚至傲慢；而男爵城的人都说话实在、做生意公道。正是在这男爵城里，第一次爆发了对伊卡狍格的强烈质疑。

一个名叫塔比·滕德龙的屠夫在市政厅召集了一次会议。塔比很谨慎，他没有说自己不相信伊卡狍格的存在，而是请每个来开会的人都在给国王的请愿书上签名，声明要得到证据，证明仍有必要为抗击伊卡狍格纳税。会议一结束，斯皮沃的密探——他当然也来开会了——就跳上他的马，一路往南骑，在半夜时赶到了王宫。

斯皮沃被一位男仆唤醒后，匆匆把弗拉蓬爵爷和罗奇少校从床上叫了起来，一起听密探汇报。密探讲了那个谋反会议的事，然后展开一张地图，在上面专门圈出了几个主谋的家，其中就包括塔比·滕德龙的家。

"干得漂亮。"罗奇低声咆哮道，"我们以叛国罪把他们都抓起来，丢进监狱。就这么简单！"

"根本就不简单。"斯皮沃不耐烦地说，"参加这次会议的有二百人，我们不可能把二百个人都关起来！首先，没有那么多地方；其次，大家会认为这说明我们没法证明伊卡狍格是真的！"

"那就把他们都枪毙，"弗拉蓬说，"然后包裹起来，就像我们对待比米希那样，再把他们丢在沼泽地里让人们去发现，人们就会以为是伊卡狍格弄死他们的了。"

"伊卡狍格现在是有枪了吗？"斯皮沃没好气地说，"它还有二百件斗篷，在把人弄死后都包裹起来？"

"嘿，我的大人，既然你嘲笑我们的方案，"罗奇说，"你干脆自己想出个妙计来吧！"

　　这正是斯皮沃伤脑筋的地方。他拼命转动他那狡猾的脑瓜，却想不出任何办法能让丰饶角的老百姓毫无怨言地继续缴税。他需要的是伊卡狛格真实存在的证据，可是上哪儿去找呢？

　　另外两个人回去睡觉后，斯皮沃独自在炉火前踱来踱去，突然听到又有人敲他卧室的门。

　　"又有什么事？"他恼火地说。

　　男仆坎科比闪身进了房间。

　　"你来做什么？ 有话快说，我忙着呢！"斯皮沃说。

　　"报告大人，"坎科比说，"我刚才碰巧经过您的房间，不小心听到您正在跟弗拉蓬爵爷和罗奇少校谈论男爵城的谋反会议。"

　　"哦，你就不能小心点吗？"斯皮沃说，声音让人不寒而栗。

　　"我想我应该告诉您，大人，我得到了证据，证明这城中城里有一个人跟男爵城的那些叛徒有着同样的想法。"坎科比说，"他像那些屠夫一样也想要证据。我一听说这事，就觉得像是叛国罪。"

　　"哼，当然是叛国罪！"斯皮沃说，"谁敢这么说话，而且还在王宫的附近？ 国王的哪个仆人胆敢质疑国王的话？"

　　"嗯……这个嘛……"坎科比扭动着双脚说，"有人会说这是个有价值的情报，有人会——"

　　"你告诉我这是谁，"斯皮沃恶狠狠地说，一把揪住男仆衣服的前襟，"我再决定值不值得给你钱！ 快说名字——快说这人叫什么名字！"

　　"是丹—丹—丹·多夫泰！"男仆说。

"多夫泰……多夫泰……我知道这个名字。"斯皮沃说着松开了男仆，男仆往旁边踉跄几步，撞在了一张茶几上，"不是曾经有个女裁缝……？"

"那是他的妻子，大人。已经死了。"坎科比说着，站直了身子。

"是的。"斯皮沃慢悠悠地说，"他住在墓地边的那座房子里，他们从来不挂旗子，窗户里连一张国王的画像也没有。你怎么知道他发表了叛国的观点？"

"我碰巧听到比米希太太把他说的话告诉了洗碗女仆。"坎科比说。

"你碰巧听到的话真不少啊，坎科比，是不是？"斯皮沃一边在马甲里掏几个金币，一边评论道，"很好。给你十个金币。"

"太感谢了，大人。"男仆说着，低低地鞠躬。

"等等，"坎科比转身要离开时，斯皮沃说，"他是做什么的，这个多夫泰？"

斯皮沃其实是想知道，如果多夫泰先生消失的话，国王会不会想起他来。

"多夫泰吗，大人？ 他是个木匠。"坎科比说，然后鞠着躬退出了房间。

"木匠，"斯皮沃大声地说，"木匠……"

坎科比把门关上时，斯皮沃脑子里灵光一现，又想出一个好主意。斯皮沃太为自己的绝顶聪明感到惊讶了，赶紧一把抓住沙发背，因为他觉得自己可能会一头栽倒。

第26章

多夫泰先生的任务

第二天，黛西去上学了，多夫泰先生在作坊里忙活，突然，罗奇少校敲响了木匠的门。多夫泰先生知道罗奇就是住在他原来房子里的那个人，也是接替比米希少校当上皇家卫队首领的那个人。木匠请罗奇进屋，但少校拒绝了。

"王宫里有一件急活儿要你去做，多夫泰。"他说，"国王马车的一根辕杆断了，马车他明天就要用。"

"这么快就断了？"多夫泰先生说，"我上个月刚修好的。"

"被一匹拉车的马踢断的。"罗奇少校说，"你去不去？"

"当然。"多夫泰先生说，他怎么可能拒绝给国王干活呢？于是，他锁上作坊的门，跟着罗奇走在城中城阳光灿烂的街道上，两人有一搭没一搭地说着话，最后来到皇家马厩里存放马车的地方。六个士兵在门外徘徊，多夫泰先生和罗奇少校走近时，他们都抬起头来。一个士兵手里拿着一个空面粉口袋，另一个士兵拿着一根绳子。

"上午好。"多夫泰先生说。

他想从他们身边走过，突然，还没等他明白是怎么回事，一个士兵把面粉口袋套在了多夫泰先生的头上，另外两个士兵把他的双臂扭在身后，用绳子捆住了手腕。多夫泰先生是个很壮实的人——他拼命挣扎、反抗，可是罗奇在他耳边低声说：

"敢发出一点声音，就让你的女儿付出代价。"

多夫泰先生闭上了嘴。他由着士兵把他押进王宫，却看不见在往哪里走。不过他很快就猜到了，因为他们押着他走下两层很陡的楼梯，接着是一道又湿又滑的石梯。他感到肌肤上有一阵寒意，就猜他们是在地牢里。当他听到铁钥匙的转动声和铁闸门的碰撞声时，他心里更确定了。

士兵们把多夫泰先生丢在冰冷的石头地上。有人扯掉了他头上的口袋。

周围几乎是一片漆黑，多夫泰先生起初什么也看不清。这时，一个士兵点亮了一支火把，多夫泰先生发现眼前是一双擦得锃亮的靴子，他抬起头来。斯皮沃爵爷笑眯眯地站在他面前。

"上午好啊，多夫泰。"斯皮沃说，"我有一件小活儿让你干。你如果干得好，很快就能回家见你的女儿。你如果拒绝——或者干得不好——就再也见不到她了。你明白我的意思吗？"

六个士兵和罗奇少校在地牢的墙边站成一排，每人手里都拿着一把剑。

"是的，大人。"多夫泰先生声音低沉地说，"我明白。"

"很好。"斯皮沃说。他闪到一边，露出了一大块木头，是从一棵倒地的树上截下来的，足有一匹矮种马那么大。木头旁边

不过他很快就猜到了，因为他们押着他
走下两层很陡的楼梯，接着是一道又湿又滑的石梯。
他感到肌肤上有一阵寒意，就猜他们是在地牢里。

吴易恒　7岁

是一张小桌，上面放着一套木匠工具。

"我要你给我刻一只大脚，多夫泰，一只怪物的大脚，有非常锋利的爪子。我需要大脚的顶上有一个长长的把手，这样，骑在马上的人可以把大脚压进软土地里，留下一个脚印。你清楚你的任务了吗，木匠？"

多夫泰先生和斯皮沃爵爷互相深深地对视。多夫泰先生当然清楚这是在做什么。对方是叫他伪造伊卡狛格存在的证据。多夫泰先生感到害怕的是，在他伪造出怪物的大脚之后，斯皮沃是没有理由把他放走的，因为他可能会把自己做的事说出去。

"您能起誓吗，大人，"多夫泰先生轻声说，"您能起誓如果我做完了这件事，我的女儿就不会受到伤害？我就能回家去见她？"

"这是不用说的，多夫泰。"斯皮沃轻飘飘地说，已经迈步朝牢房门口走去，"你越快完成任务，就能越早见到你的女儿。

"听着，每天晚上，我们要把这些工具从你这里收走，第二天早晨再拿回来给你，我们可不能把挖洞越狱的工具留给犯人，是不是？祝你好运，多夫泰，好好干活。我期待看到我的大脚！"

他的话音刚落，罗奇就割断了绑住多夫泰手腕的绳子，把手里的火把插进墙上的一个支架。然后，斯皮沃、罗奇和其他士兵离开了牢房。铁门咣当一声关上，钥匙在锁眼里转动，多夫泰先生独自留在了牢房里，身边是那块巨大的木头，还有他的凿子和刻刀。

第27章

绑　架

　　那天下午，黛西放学回家，一边走一边玩着她的溜溜球。她像往常一样去了爸爸的作坊，想跟爸爸聊聊她这一天过得怎么样，却吃惊地发现作坊的门锁着。黛西以为多夫泰先生已经早早干完了活儿，回小房子去了，她就把课本夹在胳膊底下，走进了自家的大门。

　　在门厅里，黛西突然停住脚步，惊讶地打量着四周。所有的家具都不见了，还有墙上的画、地板上的地毯、台灯，甚至炉子，统统都不见了。

　　她张嘴想喊爸爸，但就在这时，一条麻袋甩过来套住她的脑袋，一只手捂住了她的嘴。她的课本和溜溜球稀里哗啦地掉在地板上。黛西被抓了起来，她拼命挣扎，却被拎出房子，扔进了一辆马车的后面。

　　"你要敢发出声音，"一个粗嗓子在她耳边说，"我们就杀了你爸爸。"

　　黛西刚深吸了一口气想喊，听到这话，只好把这口气轻轻地吐出来。她感觉到马车颠簸了一下，接着听见马具的叮叮声和马蹄的嗒嗒声，他们出发了。马车拐了个弯，黛西由此判断他们正在离开城中城，后来听到集市小贩的声音和其他马的声音，她知道他们来到了城中城外的甘蓝城。黛西从来没有这么害怕过，但她还是强迫自己集中思想，留意每一次拐弯、每一种声音和每一种气味，这样她就能大致知道自己正在被带到哪里。

过了一阵，马蹄不再落在鹅卵石路面上，而是落在一条土路上，甘蓝城里的甜香味儿消失了，取而代之的是翠绿、肥沃的乡村气息。

绑架黛西的是二等兵普罗德，他是伊卡狍格防御大队的一员，长得魁梧、粗壮。斯皮沃吩咐普罗德"除掉多夫泰家的小姑娘"，普罗德理解斯皮沃的意思是要他把小姑娘杀死。（他的想法完全正确。斯皮沃之所以挑选普罗德去暗杀黛西，是因为普罗德喜欢动拳头，而且似乎根本不在乎他打的是谁。）

普罗德赶着马车在乡村穿行，经过一片片树林和森林。他在林子里很容易掐死黛西并把尸体埋起来，但是二等兵普罗德慢慢发现自己下不了手做这件事。他碰巧有一个非常喜欢的小侄女，年龄跟黛西差不多。事实上，他每次想象自己掐死黛西，似乎都能看见小侄女罗茜出现在他的脑海里，苦苦地哀求他饶命。因此，普罗德没有从土路拐进树林，而是赶着马车继续往前走，一边费心地思索着拿黛西怎么办。

面粉口袋里的黛西闻到了男爵城的香肠味儿里混杂着美酪

城的奶酪香气，她猜测着自己会被带到这两座城里的哪一座。她爸爸偶尔带她到这两座著名的城市里来买奶酪和肉。她相信，当赶车人把她扛下马车时，她只要趁他不备偷偷逃走，用不了两天就能自己走回甘蓝城。黛西心急如焚，不断地想着她爸爸：爸爸在什么地方？为什么家里的家具全都被搬走了？但是，她强迫自己把注意力集中在马车走的路线上，确保自己能找到回家的路。

飞流河上的那座石桥连接着男爵城和美酪城，黛西使劲竖起耳朵，捕捉马蹄走过石桥的声音，可是没听见。因为二等兵普罗德并没有进入任何一座城市，而是直接走了过去。他刚才突然计上心来，知道该拿黛西怎么办了。于是他绕过那座专做香肠的城市的外围，往北去了。渐渐地，空气里的肉香和奶酪香都消失了，夜幕开始降临。

二等兵普罗德想起了一个老太婆，她住在酒香城的郊外，那里碰巧是普罗德的家乡。大家都管这个老太婆叫甘特大娘。她接收孤儿，每个孩子每月一个金币，家里住着多少孩子就能领多少份钱。从来没有一个男孩或女孩能从甘特大娘家里成功逃走，普罗德正是看中了这点，才决定把黛西送去的。他可不希望黛西自己摸索着返回甘蓝城，斯皮沃要是发现普罗德没有按他吩咐的去做，肯定会气疯的。

马车后面的黛西虽然又冷又怕，很不舒服，但还是在马车的颠簸中睡着了，突然，她又惊醒了。她在空气里闻到了一种不同的气味，一种她不太喜欢的气味，很快，她就分辨出是葡萄酒的酒味，多夫泰先生偶尔会喝一杯，所以黛西知道这种气味。马车肯定正在靠近酒香城，这是一座她从没来过的城市。她透过麻袋上的小孔能看见天色是破晓时分。不一会儿，马车又辘辘行驶在鹅卵石路面上了。又过了一会儿，马车停了下来。

黛西立刻扭动身子，想从车后面滚落到地上，可是没等她落地，二等兵普罗德一把抓住了她。他抓着拼命挣扎的黛西走到甘特大娘家门口，用他的大拳头使劲砸门。

"好了，好了，我来了。"门里一个粗哑的嗓子大声说。

接着传来一连串插销和铁链被打开的声音，甘特大娘在门口出现了。她把身体的重量全压在一根银头拐杖上 —— 当然，黛西还在麻袋里，看不见她。

"又给你带来一个孩子，大娘。"普罗德说着，把扭动的麻袋拎进了甘特大娘的门厅，那里有一股清水煮白菜和廉价葡萄酒的气味。

你可能以为，甘特大娘看到一个小孩装在麻袋里被拎进她家，肯定会感到惊慌，但实际上在这之前就有一些所谓叛国者的孩子被绑架后送到这里。她才不管孩子有什么样的身世呢，她只关心政府发给她的每月一个金币的养孩子的钱。她那间破破烂烂的小屋里塞的孩子越多，她能买得起的葡萄酒就越多，这才是她真正在意的。所以她伸出一只手，哑着嗓子说："安置费五个金币。" —— 如果她看出某人特别想摆脱一个孩子，通常就会提出要这笔钱。

普罗德皱着眉头，递出五个金币，一言不发地离开了。甘特大娘把门在他身后重重关上。

　　普罗德重新爬上马车时,听见甘特大娘的铁链和门锁丁零当啷、嘁里咔嚓地响成一片。虽然花掉了半个月的薪水,但普罗德很高兴摆脱了黛西·多夫泰这块烫手山芋,他以最快的速度赶着马车,返回都城。

第28章

甘特大娘

　　甘特大娘把大门锁好后，扯下新来的孩子头上的麻袋。

　　面对突然的亮光黛西眨了眨眼睛，发现自己是在一间窄窄的、非常肮脏的门厅里，面前是一个丑八怪老太婆，她全身穿着黑衣服，鼻尖上长着一颗褐色的大疣子，疣子上还冒出几根毛。

　　"约翰！"老太婆哑着嗓子喊，眼睛仍一直盯着黛西。只见一个男孩拖着脚走进门厅，他的块头和年龄都比黛西大很多，有一张迟钝、阴沉的脸，一边走一边把指关节捏得叽叽响。"去告诉楼上的那些简妮，在她们的房间里加一个床垫。"

　　"找个小屁孩去做这件事吧。"约翰嘟囔道，"我还没吃早饭呢。"

　　甘特大娘突然抡起她那沉甸甸的银头拐杖，朝男孩的脑袋上砸去。黛西以为会听到银拐杖砸在骨头上的恐怖声音，没想到男孩似乎已久经考验，他灵巧地躲过了拐杖，又把指关节捏得叽叽响，阴沉着脸说："好吧，好吧。"他走上一道摇摇晃晃的楼梯不见了。

"你叫什么名字？"甘特大娘又把脸转向黛西，说道。

"黛西。"黛西说。

"不，不，不。"甘特大娘说，"你叫简妮。"

黛西很快就会发现，甘特大娘对每一个新来她家的孩子都做同一件事。每个女孩都改名叫简妮，每个男孩的名字都变成了约翰。甘特大娘通过孩子对新名字的反应，能准确地知道她要下多大功夫打击这个孩子的锐气。

当然啦，那些被甘特大娘接收时年龄很小的孩子，总是乖乖地同意他们的名字叫约翰或简妮，很快就忘记了自己曾有过别的名字。那些无家可归或走失的孩子看得出来，把名字改成约翰或者简妮，是得到一个栖身之地的代价，所以他们也立刻就同意改名。

但是偶尔，甘特大娘会碰到一个不肯乖乖接受新名字的小孩；黛西还没有开口说话，甘特大娘就知道这女孩正是这样一个孩子。这个新来的女孩脸上有一种令人讨厌的傲气，而且，她虽然瘦，但看上去很结实，穿着工装服站在那里，拳头捏得紧紧的。

"我的名字，"黛西说，"是黛西·多夫泰，是用我妈妈最喜欢的一种花给我起的名字。"①

"你妈妈死了。"甘特大娘说，她总是对她接收的孩子说他们

---

① 黛西的名字"Daisy"在英语里是"雏菊"的意思。

的爸爸妈妈死了。最好让这些小可怜虫认为没有人可以投靠。

"是的。"黛西说，她的心跳得很快，"我妈妈确实死了。"

"你爸爸也死了。"甘特大娘说。

丑八怪老太婆似乎在黛西的眼前晃来晃去。黛西从前一天中午到现在就没吃过东西，又在普罗德的马车上度过了恐怖的一夜。不过，她还是用冷静而清晰的声音说："我爸爸还活着。我叫黛西·多夫泰，我爸爸住在甘蓝城。"

她必须相信爸爸还活着。她不能让自己怀疑这一点，如果爸爸死了，世界上所有的光明就都消失了，永远消失了。

"不，不，不。"甘特大娘说着，举起了拐杖，"你爸爸肯定死了，你的名字叫简妮。"

"我的名字——"黛西刚开口，就听突然呼的一声，甘特大娘的拐杖朝她头上抡了过来。黛西像刚才看见的那个大男孩一样闪身躲开，可是拐杖又抡了过来，这次重重地打在了黛西的耳朵上，把她打得倒在一边。

"我们再试试。"甘特大娘说，"跟我说：'我爸爸死了，我叫简妮。'"

"我不。"黛西喊道，没等拐杖再抡过来，她就从甘特大娘的胳膊底下冲过去，跑进了房子，她希望后门没有插销。她看见厨房里有两个脸色苍白、表情惊恐的孩子，一个男孩和一个女孩，正在把一种脏兮兮的绿汤汁舀进一个个碗里。她还看见一个后门，上面的铁链和挂锁跟前门上的一样多。黛西转过身，重又跑回门厅，躲开甘特大娘和她的拐杖，冲上了楼梯。楼上同样有一些瘦弱、苍白的孩子，正在打扫卫生，整理床上破破烂烂的被褥。甘特大娘已经跟在后面爬上楼梯来了。

"快说，"甘特大娘哑着嗓子嚷道，"快说'我爸爸死了，我叫简妮'。"

"我爸爸还活着，我叫黛西！"黛西喊道，这时她看见天花板上有一个小窗口，她怀疑是通向阁楼的。她一把抢过一个吓坏了的女孩手里的鸡毛掸，用它捅开了小窗。一架绳梯落了下来，黛西匆匆爬上去，又把绳梯拽了上去，重重关上了阁楼的门，这样甘特大娘和她的拐杖就够不到她了。她听见老太婆在下面不停地叫骂，然后吩咐一个男孩守住小窗口，不让黛西出来。

后来黛西发现，孩子们都互相给对方加上一个外号，这样才能知道彼此说的是哪个约翰、哪个简妮。此刻把守着阁楼小窗口的那个大块头男孩，就是黛西在楼下看见过的那个，他在孩子们中间的外号叫"打手约翰"，因为他总是欺负小一点的孩子。打手约翰相当于甘特大娘的跟班，这会儿他大声朝黛西喊话，告诉她阁楼上饿死过许多孩子，如果她仔细找找，还能找到他们的骷髅呢。

甘特大娘家阁楼的天花板很低，黛西不得不蜷缩着身子。阁楼里还很脏，但是屋顶上有一个小洞，能透进来一道阳光。黛西扭动着爬过去，把眼睛对准小洞。她看见了酒香城的天际线。甘蓝城里的建筑大多是白糖般的颜色，这里却是一座深灰色的石头城。两个男人跌跌撞撞地走在下面的街道上，大声吼唱一首流行的饮酒歌：

此刻把守着阁楼小窗口的那个大块头男孩，就是
黛西在楼下看见过的那个，他在孩子们中间的外号
叫"打手约翰"，因为他总是欺负小一点的孩子。

柯曦珈　10岁

一瓶酒下肚，伊卡狗格是造谣，

两瓶酒下肚，我听见它轻轻叫，

三瓶酒下肚，我看见它悄悄跑，

伊卡狗格过来了，临死前我们喝个饱！

黛西把眼睛贴在窥视孔上看了一小时，然后甘特大娘走过来，用拐杖梆梆地敲着小窗口。

"你叫什么名字？"

"黛西·多夫泰！"黛西吼道。

之后每过一个小时，同样的问题都被提出，她的回答一直没变。

可是，随着时间一小时一小时过去，黛西饿得头晕眼花。她朝甘特大娘一次次大喊"黛西·多夫泰"，声音越来越没有气力。最后，她透过阁楼上的窥视孔看到外面的天黑了。黛西现在渴得要命，她必须面对这样一个事实：如果她一直不肯说自己名叫简妮，阁楼上就会真的有一架骷髅，被打手约翰拿去吓唬其他孩子了。

于是，当甘特大娘下一次用拐杖敲打阁楼小窗口，问黛西叫什么名字时，黛西回答："简妮。"

"你爸爸还活着吗？"甘特大娘问。

黛西把手指交叉，说道：

"不。"

"很好。"甘特大娘说着，把小窗拉开，那条绳梯落了下去，"下来吧，简妮。"

黛西又站在她身边时，老太婆甩手给了她一记耳光。"教训一下你这下流、肮脏、不说实话的小杂种。快去喝汤，然后把碗洗干净，上床睡觉。"

黛西三口两口吞下一小碗白菜汤，她从没吃过这么难吃的东西。然后，她在甘特大娘存洗碗水的油腻腻的桶里洗了碗，回到楼上。女孩们卧室的地板上有一个方的床垫，其他女孩都盯着黛西看，她没脱衣服就钻到了床垫上的破毯子下面，因为屋里冷得要命。

黛西发现自己正注视着一双温和的蓝眼睛，那是一个与她年龄相仿的女孩，面黄肌瘦。

"你比大多数人坚持的时间长多了。"女孩小声说。她的口音黛西以前没有听过。后来黛西知道，女孩是沼泽乡的人。

"你叫什么名字？"黛西小声说，"你的真名？"

女孩用那双蓝汪汪的大眼睛打量着黛西。

"不许我们说。"

"我保证不告诉别人。"黛西小声说。

女孩盯着她看。就在黛西以为她不会回答了的时候，女孩小声说：

"玛莎。"

"玛莎，很高兴认识你。"黛西小声说，"我是黛西·多夫泰，我爸爸还活着。"

第29章

比米希太太忧心忡忡

在甘蓝城里，斯皮沃让人把一个消息传播开来，说多夫泰一家半夜里收拾好东西，搬到邻国普里塔去了。黛西的老师告诉了班里的同学，男仆坎科比通知了王宫里所有的仆人。

那天，伯特放学回家后，躺在自己的床上，盯着天花板发呆。他想起了小的时候，那时他是个矮矮胖胖的小男孩，其他孩子都叫他"黄油球"，黛西总是站出来维护他。他想起了很久以前他们在王宫庭院里的那场争吵，想起了黛西过生日的时候，他不小心把她的"天堂的希望"碰翻在地时黛西脸上的表情。

然后，伯特开始反思自己最近课间休息时所做的事。一开始，伯特还很喜欢跟罗德里克·罗奇做朋友，因为罗德里克以前老欺负他，现在不那么做了，伯特很高兴；但是，如果真正诚实地面对自己，伯特并不喜欢罗德里克做的那些事情，比如用弹弓打流浪狗，抓活青蛙藏在女生的书包里。事实上，伯特越是回忆以前跟黛西在一起时的快乐，越是想到跟罗德里克在一起消磨一天之后，自己的脸因为假笑而酸痛，也就越后悔从来没有想办法去修复跟黛西的友谊。可是现在已经太晚了。黛西永远离开了：去了普里塔国。

伯特躺在床上时，比米希太太独自坐在厨房里。她的心情几乎和儿子一样郁闷。

比米希太太把多夫泰先生说的伊卡狍格并不存在的话告诉了洗碗女仆，话一出口，她就后悔了。多夫泰先生竟然说她丈夫可能是从马背上摔下去的，她听了气昏了头，没有意识到自己是在报告叛国罪，等到话从嘴里说出去，想要收回已来不及了。她真的不想让多年的老朋友陷入麻烦，就央求洗碗女仆忘记她说的话，梅布尔答应了。

比米希太太松了口气，转身去把一大批"少女的梦想"从炉子里拿出来，却突然看见男仆坎科比鬼鬼祟祟地站在墙角。谁都知道坎科比是王宫里出了名的阴险小人，最爱搬弄是非。他最擅长轻手轻脚地走进房间，神不知鬼不觉地偷窥钥匙孔。比米希太太不敢问坎科比在那里站了多久，此刻她独自坐在自家厨房的桌旁，一种可怕的恐惧抓住了她的心。难道是坎科比把多夫泰先生叛国的消息告诉了斯皮沃爵爷？难道多夫泰先生并没有去普里塔国，而是进了监狱？

比米希太太越琢磨这件事，心里越感到害怕，最后，她对伯特喊了一声，说她晚上想出去散散步，就匆匆离开了家。

街上还有一些孩子在玩耍，比米希太太从他们身边绕过，来到位于城中城大门和墓地之间的那座小房子。窗户里黑乎乎的，木匠作坊的门关着，比米希太太轻轻推了一下前门，竟然推开了。

屋里的家具都不见了，墙上挂的画也消失了。比米希太太如释重负，长长地舒了一口气。如果他们把多夫泰先生抓进监狱，不太可能把他的家具都一起带走。看样子，他是真的收拾好东西，带着黛西一起去了普里塔国。比米希太太穿过城中城回家的时候，感到心里轻松了一些。

前面的路上有几个小姑娘在跳绳，一边跳一边唱着一首小诗，如今全国的游戏场所都在唱这首诗：

> 伊卡狛格，伊卡狛格，
> 你一停它就抓住你，
> 伊卡狛格，伊卡狛格，
> 一直跳啊别停息，
> 感到难受别回头，
> 它抓住个士兵叫比米 ——

一个正在给朋友摇绳子的小姑娘看到了比米希太太，她发出一声尖叫，扔掉了绳子。其他小姑娘也转过身。她们见了首席糕点师，都不好意思地红了脸。一个害怕得吃吃发笑，另一个哭了起来。

"没事，孩子们。"比米希太太说，勉强笑了笑，"没关系。"

孩子们一动不动地站着，比米希太太走过她们身边，突然转过身，又看了看刚才扔掉绳子的那个小姑娘。

"你这条裙子，"比米希太太问，"是哪儿来的？"

满脸通红的小姑娘低头看了看裙子，又抬头看着比米希太太。

"是我爸爸给我的，夫人。"小姑娘说，"他昨天下班回家给我的。他还给了我弟弟一个溜溜球。"

比米希太太又盯着那条裙子看了几秒钟，然后慢慢转过身，走回家去。她告诉自己肯定是她弄错了，可是，她真真切切地记得黛西·多夫泰穿过一条跟这一模一样的漂亮小裙子 —— 黄灿灿的颜色，领口和袖口绣着雏菊花 —— 那时候黛西的妈妈还活着，黛西的衣服都是她妈妈亲手做的。

第 30 章

大　　脚

　　一个月过去了。在深深的地牢里，多夫泰先生以一种狂热的劲头在工作。他必须把怪物的木脚完成，才能再见到黛西。他强迫自己相信斯皮沃会说到做到，在他完成任务之后让他离开地牢，尽管脑海里有一个声音不停地说，做完木脚后他们绝不可能放你走的。绝不。

　　为了驱赶恐惧，多夫泰先生开始一遍又一遍地唱国歌：

　　　　丰饶角啊丰饶角，
　　　　请你赞美国王，
　　　　丰饶角啊丰饶角，
　　　　请你放声高唱……

　　他这样唱个不停，他的歌声比他凿子和榔头的声音更让其他犯人恼火。古德菲上尉——如今已变得消瘦，衣衫褴褛——请求他别唱了，可是多夫泰先生根本不理会。他已经有点精神错乱了。他有一个糊涂的想法，以为只要他表现为国王忠实的臣民，斯皮沃就会认为他没那么危险，就会把他给释放了。所以，木匠的牢房里整天响着木匠工具的撞击声和摩擦声，还有他高唱国歌的声音。慢慢地，一只带尖爪的怪物脚开始有了形状，它顶上有一个长长的把手，骑在马上的人可以把木脚深深地摁进松软的泥土地里。

最后，木脚终于完成了，斯皮沃、弗拉蓬和罗奇少校来到下面的地牢里验货。

"不错。"斯皮沃从各个角度打量着木脚，慢悠悠地说，"确实不错。你认为呢，罗奇？"

"我认为肯定没问题，大人。"少校回答。

"你干得不错，多夫泰。"斯皮沃对木匠说，"我会叫典狱长今晚给你加餐。"

"可是您说过，我干完活就能出去的。"多夫泰先生说着，扑通跪倒在地，脸色苍白，浑身瘫软，"求求您，大人。我必须见到我的女儿……求求您了。"

多夫泰先生想去拉斯皮沃爵爷瘦骨嶙峋的手，但斯皮沃猛地把手抽了回去。

"别碰我，叛徒。我没有判你死刑，你应该感恩戴德才是。如果这只脚效果不理想，我还是会要你的命——所以，换了我是你，就会祈祷我的计划成功。"

第31章

屠夫失踪

那天夜里，在黑暗的掩护下，一队全员穿着黑衣服的骑兵出了甘蓝城，领头的是罗奇少校。在他们中间的一辆马车上，放着那只木头大脚，用一大块粗麻布盖着，木脚上刻着鳞片和长长的利爪。

终于，他们来到了男爵城的郊外。骑兵们 —— 他们都是伊卡狟格防御大队的成员，被斯皮沃专门挑出来做这件事 —— 从马背上下来，用麻布片把蹄铁包住，以掩盖马蹄声和蹄印的形状。然后他们把大脚从马车上搬下来，重又翻身上马，几个人一起拎着大脚，朝屠夫塔比·滕德龙和他妻子住的房子骑去，正巧那座房子跟邻居们隔着一段距离。

几个士兵拴好他们的马，偷偷溜到塔比家的后门，强行闯了进去，其他人把大脚使劲往后门周围的泥地里摁。

五分钟后，士兵们把无儿无女的塔比与妻子抬出来，扔上了马车，两人都被捆住了手脚，堵住了嘴巴。我不妨告诉你，他们打算把塔比和他妻子杀死，埋在树林里，就像二等兵普罗德奉命除掉黛西的办法那样。斯皮沃只让那些对他有用的人活着，比如多夫泰先生，说不定哪天需要他修补伊卡狛格的脚；还有古德菲上尉和他的朋友，说不定哪天需要把他们又拖出来，让他们再说一遍那套伊卡狛格的谎话。而一个犯了叛国罪的香肠商人，斯皮沃想象不出会派上什么用，就下令把他给处死了。至于可怜的滕德龙太太，斯皮沃根本没有当回事，但是我想告诉你，她是一个非常善良的女人，帮朋友们照顾孩子，在当地的唱诗班里唱歌。

　　滕德龙夫妇被带走之后，剩下的几个士兵走进房子，把家具砸得稀巴烂，造成被一个庞然大物毁坏的假象；其他人推倒了后门栅栏，把大脚摁在塔比家鸡窝周围的软土地里，看上去就好像那怪物还偷袭了家禽。一个士兵还脱掉鞋袜，光着脚在柔软的土地上踩出一些脚印，就好像塔比曾经冲出来保护他的鸡。最后，这个人砍掉一只母鸡的脑袋，把大量的鸡血和鸡毛撒在周围，然后把鸡窝的一边推倒，让其他的鸡都跑了出去。

　　士兵们用大脚在塔比家外面的泥地里又摁下很多脚印，让人觉得那怪物好像跑到坚硬的地面上去了；接着，士兵们把多夫泰先生做的大脚搬回到马车上，放在很快就要被杀害的屠夫和他妻子身边；然后他们再次翻身上马，消失在了黑暗中。

143

其他人推倒了后门栅栏，把大脚摁在塔比家鸡窝
周围的软土地里，看二去就好像那怪物还偷袭了家禽。

赵晨丞　9岁

第32章

计划中的漏洞

　　第二天，滕德龙家的邻居们一觉醒来，发现路上到处都是鸡，就赶紧过去告诉塔比，他的鸡跑了。他们发现了那些巨大的脚印，满地的鸡血和鸡毛，还有被撞坏的后门，而夫妇俩却都不见了踪影。你可以想象一下这些邻居们的恐惧。

　　过了不到一小时，塔比的空房子周围聚集了一大群人，都在仔细查看那巨大的脚印、被撞坏的门和被砸烂的家具。恐慌的情绪出现了，短短几个小时，伊卡狍格袭击男爵城一个屠夫家的消息迅速传向了四面八方。街头公告员在城市广场上敲响了钟。两天之后，大概只有沼泽乡的人不知道伊卡狍格夜里潜逃到南边，拖走了两个人。

　　斯皮沃安插在男爵城的密探整天都混在人群里，观察他们的反应，向主子汇报说他的计划取得了巨大的成功。可是，傍晚时分，就在那个密探想到酒馆里来一份香肠卷和一杯啤酒庆祝一番时，他注意到一伙男人正窃窃私语，凑在一起研究伊卡狍格的一个大脚印。密探悄悄挨了过去。

"真可怕，是不是？"密探问他们，"多大的脚啊！爪子那么长！"

塔比的一个邻居直起身，皱起了眉头。

"它单脚跳。"他说。

"你说什么？"密探说。

"它是在单脚跳。"那邻居又说了一遍，"看，是同一只左脚，不断地反复出现。要么是伊卡狛格单脚跳，要么就是……"

那人没有把话说完，但他脸上的表情让密探心感不妙。他没有去酒馆，而是又跳上马背，迅速地朝王宫骑去。

第33章

弗雷德国王忧心忡忡

此刻，斯皮沃和弗拉蓬还不知道计划出了岔子。他们刚坐下来，准备像平常一样，跟国王一起享受一顿丰盛的夜宵。弗雷德听说伊卡狍格袭击了男爵城，感到惶恐极了，这意味着那怪物比以前更靠近王宫了。

"惨不忍睹。"弗拉蓬说着，把一整条黑血肠放到盘子里。

"确实令人震惊。"斯皮沃说着，给自己切了一片野鸡肉。

"我不明白的是，"弗雷德烦恼地说，"它是怎么溜过封锁线的！"

因为——这是不用说的——国王得到的消息是，有一支伊卡狍格防御大队的小分队，长期驻扎在沼泽地边缘，防止伊卡狍格逃出来跑到王国的其他地方。斯皮沃料到弗雷德会提出这个问题，早已准备好了说辞。

"说来遗憾，两个士兵站岗时睡着了，陛下。他们在没有防备的情况下遭遇伊卡狍格的袭击，被整个吃掉了。"

"受苦受难的圣人啊！"弗雷德惊恐地说。

"那怪物突破了防线，一路往南。我们认为它是受到肉香味的吸引进攻男爵城的。它在男爵城吞掉了几只鸡，还吃掉了屠夫和他的妻子。"

"可怕，可怕。"弗雷德说着，打了个寒战，把面前的盘子推开了，"然后它就偷偷溜回沼泽地去了，是吗？"

"派去追踪的人是这么告诉我们的，陛下，"斯皮沃说，"可是，现在它尝到了一名平时只吃男爵城香肠的屠夫的滋味儿，没准儿就会经常想突破士兵防线了，我们必须做好准备 —— 所以，我认为应该把驻守在那里的人数增加一倍，陛下。可是，唉，这就意味着伊卡狍格税也要翻倍了。"

幸好，弗雷德正盯着斯皮沃，没有看见弗拉蓬脸上得意的笑容。

"是啊 …… 我想这也是合理的。"国王说。

他站起身，烦躁不安地在餐厅里走来走去。灯光照得他身上的衣服分外华丽，今天是天蓝色的绸袍，配着海蓝宝石的纽扣。弗雷德停下来对着镜子自我欣赏时，脸上的表情变得阴沉了。

"斯皮沃，"他说，"老百姓还是喜欢我的，是吗？"

"陛下怎么能提出这样的问题？"斯皮沃倒抽一口冷气，说道，"您是丰饶角古往今来最受爱戴的国王啊！"

"可是 …… 我昨天骑马狩猎回来时，总觉得人们见到我不像平常那么高兴了。"弗雷德国王说，"几乎没有什么欢呼声，旗子也只有一面。"

"把他们的名字和地址告诉我。"弗拉蓬嘴里含着黑血肠说，一边从口袋里掏铅笔。

"我不知道他们的名字和地址，弗拉蓬。"弗雷德说，用手把玩着窗帘上的一条流苏，"就是一般的过路人，你知道。但是这让我心里很不是滋味。后来，我回到王宫时，又听说请愿日被取消了。"

"啊，"斯皮沃说，"是的，这件事我正要跟陛下解释呢……"

"不需要了。"弗雷德说，"艾斯兰达小姐已经跟我说过了。"

"什么？"斯皮沃说，气恼地瞪着弗拉蓬。他曾严厉地叮嘱这位朋友，千万不能让艾斯兰达小姐接近国王，他担心艾斯兰达小姐会把一些事情告诉国王。弗拉蓬皱起眉头，耸了耸肩。真是的，斯皮沃怎能指望他整天一刻不离地守在国王身边呢。一个人总需要偶尔上上厕所吧。

"艾斯兰达小姐告诉我，老百姓抱怨伊卡狛格税金太高了。她还说，人们纷纷议论，说北边根本没有驻扎着军队！"

"全是胡说八道。"斯皮沃说。其实这都是百分之百的事实。北边确实没有驻扎军队；人们对伊卡狛格税的抱怨确实越来越多。这也是他取消请愿日的原因。斯皮沃最不希望的就是弗雷德知道他正在失去民心。那样的话，他那愚蠢的脑瓜可能就要降低税金，甚至派人去调查北边并不存在的营地，那就更糟糕了。

"可能是有时候两个团互相换岗造成的。"斯皮沃说。他想，为了堵住爱管闲事者的嘴，现在必须安排一些士兵驻扎在沼泽地附近了。"可能沼泽乡的一些蠢人看见一个团骑马离开，就想象没有人守在那里了 …… 我们干脆把伊卡狍格税金提高到两倍如何，陛下？"斯皮沃问，他认为这是那些抱怨者自作自受，"毕竟，那怪物昨晚确实冲破了防线！这样沼泽乡边缘就再也不会有缺少人手的危险，人们也就皆大欢喜了。"

"好的。"弗雷德国王不安地说，"好的，这很合理。我的意思是，既然那怪物能在一晚上害死四个人和好几只鸡 ……"

就在这时，男仆坎科比走进餐厅，他低低地鞠了一躬，小声对斯皮沃说，男爵城的密探刚刚从那座香肠城带回了紧急情报。

"陛下，"斯皮沃装腔作势地说，"我必须告辞了。没什么可担心的。是，嗯，是我的马，出了点小问题。"

第34章

另外三只脚

"最好别是没事找事。"五分钟后，斯皮沃走进蓝色会客厅时没好气地说，密探正在那里等他。

"大人 — 您来了，"那个气喘吁吁的人说，"他们说 — 那怪物 — 单脚跳。"

"他们说什么？"

"单脚跳，大人 — 单脚跳！"他上气不接下气地说，"他们注意到 — 所有的脚印 — 都是同一只 — 左 — 脚！"

斯皮沃站住了，目瞪口呆。他怎么也没想到老百姓竟然这么聪明，能注意到这样一个细节。是的，他这辈子从来不需要照料牲口，连自己骑的马都不用费心，也就从没有考虑到这样一个事实：动物的几只脚在地上踩出的脚印可能是不一样的。

"什么都要我来操心吗？"斯皮沃吼道。他气冲冲地离开会客厅，朝警卫室走去，他发现罗奇少校跟几个朋友在那里喝酒、打牌。少校一看见斯皮沃，立刻站了起来，斯皮沃把他叫到门外。

"罗奇，我要你立刻把伊卡狛格防御大队集合起来。"斯皮沃压低声音对少校说，"你们骑马往北，一路必须弄出很大的动静。我希望从甘蓝城到酒香城的每个人都看见你们经过。到了那儿之后，你们就分散开来，在沼泽地边上站岗放哨。"

"但是——"罗奇少校想说些什么，他已经习惯了在王宫里享受安逸富足的生活，只偶尔换上一身制服，骑着马在甘蓝城里逛一逛。

"我不想听'但是'，我需要行动！"斯皮沃喊道，"人们都在传说北边无人驻守！赶快出发，记住，一路上吵醒的人越多越好——不过得给我留下两个人，罗奇。只要两个。我有另一件小事要他们做。"

闷闷不乐的罗奇跑去召集他的队伍了，斯皮沃独自朝地牢走去。

到了那里，他首先听到的是多夫泰先生的声音——他还在唱国歌。

"闭嘴！"斯皮沃吼道，一把拔出宝剑，示意典狱长放他进入多夫泰先生的牢房。

木匠的样子跟斯皮沃爵爷上次见到他时完全不同了。自从知道自己不能离开地牢去见黛西，多夫泰先生的眼睛里就有了一种癫狂的神色。而且，当然啦，他几个星期没能刮胡子，头发也长得很长了。

"听见没有，闭嘴！"斯皮沃咆哮道，因为木匠还在哼唱国歌，似乎没有办法控制自己，"我还需要三只脚，听见吗？再做

自从知道自己不能离开地牢去见黛西，
多夫泰先生的眼睛里就有了一种癫狂的神色。
而且，当然啦，他几个星期没能刮胡子，头发也长得很长了。

江钰雯　11岁

一只左脚和两只右脚。你明白我的意思吗，木匠？"

多夫泰先生不唱了。

"如果我把它们刻出来，您能让我出去见我的女儿吗，大人？"他用嘶哑的声音问。

斯皮沃笑了。显然，这个男人正在慢慢地变疯，只有疯子才会幻想自己在做了伊卡狍格另外三只脚之后，还能被释放出去。

"当然会的。"斯皮沃说，"我明天一早让人把木头给你送来。好好干，木匠。等你做完了，我就让你出去见你的女儿。"

斯皮沃从地牢里出来时，发现两个士兵已经按他的吩咐等在那儿了。斯皮沃把他们领到楼上他的私人套房里，确认男仆坎科比没有鬼鬼祟祟地在周围转悠；然后他锁上门，给那两人做了指示。

"如果你们完成这项工作，每人奖励五十个金币。"他说，两个士兵显得很兴奋。

"你们去跟踪艾斯兰达小姐，每天从早到晚，明白吗？绝不能让她知道你们在跟踪她。你们要等到一个她单独待着的时候，在不被别人听见或看见的情况下把她绑架。如果她逃跑了，或者你们俩被发现了，我会否认给你们下过指令，并且会把你们处死。"

"我们抓住她以后怎么办呢？"一个士兵问，他不再显得兴奋，而是一脸的恐惧。

"嗯……"斯皮沃沉吟着，他转脸望着窗外，考虑着该怎么处置艾斯兰达。"是啊，宫中的小姐跟屠夫完全不是一码事。伊卡狗格不可能跑进王宫来把她吃掉 …… 不，我认为，"斯皮沃说着，笑容慢慢地在他狡猾的脸上展开，"你们最好把艾斯兰达小姐带到我的乡村庄园去。把她弄到那儿之后，你们给我送个信，我就过去。"

第35章

斯皮沃爵爷的求婚

几天后，艾斯兰达小姐独自在王宫的玫瑰花园里散步，两个躲在灌木丛中的士兵发现他们的机会来了。他们抓住了艾斯兰达小姐，堵住她的嘴巴，捆住她的双手，把她运到了斯皮沃的乡村庄园。然后他们送信给斯皮沃，等着他过去。

斯皮沃迅速召来艾斯兰达小姐的女仆米莉森特。他以要杀死米莉森特的小妹妹做威胁，逼迫她给艾斯兰达小姐的所有朋友送信，对她们说她的女主人决定去当修女了。

听了这个消息，艾斯兰达小姐的朋友们都很震惊。她从来没有对她们任何人提起过当修女的想法。事实上，有几个人怀疑斯皮沃爵爷跟她的突然失踪有脱不开的干系。可是，说来遗憾，现在大家都很害怕斯皮沃，艾斯兰达的朋友们除了互相小声交换自己的怀疑，都不敢去寻找她，也不敢去找斯皮沃问个究竟。而且她们谁也没有想办法去帮助米莉森特，这也许是更糟糕的，因为米莉森特在逃离城中城时被士兵抓住，关进了地牢里。

几天后，艾斯兰达小姐独自在王宫的玫瑰花园里散步，
两个躲在灌木丛中的士兵发现他们的机会来了。

党雯汐　8岁

接着，斯皮沃动身去自己的乡村庄园，并于第二天傍晚到达那里。他给绑架艾斯兰达的两个士兵每人五十个金币，警告他们如果敢把这件事说出去，就把他们处死。然后，斯皮沃对着镜子捋了捋稀稀拉拉的几根胡子，去找艾斯兰达小姐了。艾斯兰达小姐正坐在他那满是灰尘的藏书室里，就着烛光读一本书。

"晚上好，我的小姐。"斯皮沃说着，朝她微微鞠了一躬。

艾斯兰达小姐沉默地看着他。

"我给你带来了好消息。"斯皮沃笑眯眯地继续说，"你就要成为首席顾问的妻子了。"

"我宁愿死。"艾斯兰达小姐和颜悦色地说，然后翻过一页书，继续往下读。

"别这样，别这样。"斯皮沃说，"你也看到了，我这家里真的需要一个女人的温柔打理。你在这里会发挥你的作用，过得愉快得多，省得去为那个奶酪商的儿子操心劳神，反正他早晚都可能被饿死的。"

艾斯兰达小姐预料到斯皮沃会提起古德菲上尉，她自从来到这寒冷、肮脏的房子里之后，就一直在为这一刻做准备。她既没有脸红，也没有流泪，说道：

"我早就不再喜欢古德菲上尉了，斯皮沃爵爷。他坦白自己犯了叛国罪的样子令我恶心。我永远不可能爱上一个背信弃义的人——因此我也永远不可能爱上你。"

她说得那么煞有其事，斯皮沃相信了她的话。他换了一种威胁方式，对她说，如果不肯嫁给他，就杀死她的父母，可是艾斯兰达小姐提醒他，自己和古德菲上尉一样父母双亡。然后，斯皮沃说他要拿走她母亲留给她的所有珠宝首饰，她却耸了耸肩，说反正自己更喜欢看书。最后，斯皮沃威胁要杀死她，艾斯兰达小姐建议他赶紧动手，因为那样比听他说废话痛快得多。

斯皮沃气得要命。他已经习惯了事事顺着自己的意思发展，眼下这件事却不能如意，这只能使他的愿望更强烈了。最后他说，既然她这么喜欢看书，他就把她永远锁在藏书室里吧。他会把所有的窗户都用木条封死，一日三餐由管家斯克伦波给她端来，她除了上厕所，绝不能离开这个房间——除非她答应嫁给他。

"那我就死在这个房间里。"艾斯兰达小姐平静地说，"或者，也许——谁知道呢？——死在厕所里。"

首席顾问从她嘴里再也掏不出半句话，怒气冲冲地离开了。

第 36 章

丰饶角的饥荒

一年过去了……然后是两年……三年、四年、五年。

小小的丰饶角王国，因为它的土壤出奇地肥沃，它的奶酪商、酿酒师和糕点师都技艺精湛，它的人民都那么幸福，曾经是邻国羡慕的对象，如今却变得几乎认不出来了。

固然，甘蓝城的情况还跟以前差不多。斯皮沃不想让国王注意到有任何变化，就花了大量金子让都城的一切维持原样，特别是城中城里。可是在北边的那些城市，老百姓都快活不下去了。越来越多的产业——商店、旅馆、铁匠铺、车轮行、农庄、葡萄园——都倒闭了。伊卡狍格税使人们陷入了贫困。雪上加霜的是，大家都担心自己是下一个被攻击的对象——谁也不想被破门而入，然后自家房屋和农庄周围留下好似怪兽的脚印，不管那是伊卡狍格还是别的什么造成的。

有人表示怀疑，不相信这些袭击真的是伊卡狍格所为，但是紧接着他们就会被黑脚兵找上门来。黑脚兵是斯皮沃和罗奇给那些小分队起的名字，他们专门半夜杀害怀疑者，并在被害者房子周围留下大脚印。

但是偶尔，怀疑伊卡狍格的人是住在市中心的，那就很难伪装袭击而不被邻居看见了。在这种情况下，斯皮沃就搞一次审讯，他像对待古德菲和他那两个朋友一样，用被告的亲人做威胁，逼得他们承认自己犯了叛国罪。

受审的人数越来越多，那意味着斯皮沃必须监督建造更多的监狱。他还需要更多的孤儿院。你可能会问，他为什么需要孤儿院呢？

是这样的。首先，大批的父母被杀害或被关进了监狱。现在大家养活自己的孩子都很困难，哪里还有能力收养那些被遗弃的孩子呢？

其次，许多穷人都饿死了。父母一般宁可自己饿着，也要省下粮食给孩子吃，所以家里没被饿死的通常都是孩子。

第三，有些走投无路、无家可归的父母把孩子送到了孤儿院。因为只有这样才能保证他们的孩子有吃有住。

不知道你是否还记得那个叫海蒂的王宫女仆？她曾那么勇敢地给艾斯兰达小姐报信，说古德菲上尉和他的两个朋友将被处以死刑。

后来，海蒂用艾斯兰达小姐给的金子雇了一辆马车回到她爸爸的葡萄园，就在酒香城的郊外。一年后，她嫁给一个名叫霍普金斯的男人，生下了一对龙凤胎。

可是，按月缴纳的伊卡狍格税金使霍普金斯家不堪重负。他们的小食品店办不下去了，海蒂的父母也无力帮衬他们，就

伊卡狛格

在葡萄园失去后不久，老两口都饿死了。年轻的夫妇无家可归，两个孩子饿得直哭。绝望之下，海蒂和丈夫走向了甘特大娘的孤儿院。哭泣的双胞胎从妈妈怀里被抱走了。大门重重关闭，门闩咔嚓咔嚓地插上，可怜的海蒂·霍普金斯和丈夫一步步远去，哭得跟两个孩子一样伤心，他们祈祷甘特大娘能让孩子们活下去。

第 37 章

黛西和月亮

　　自从黛西·多夫泰被装在麻袋里送来之后，甘特大娘孤儿院有了很大的变化。那间破烂的小屋如今成了一座气派的石头房，能容纳一百个孩子，窗户上装着铁条，每扇门上都有好几把锁。

　　黛西还在，她长高了许多，也消瘦了许多，但仍然穿着被绑架时的那身工作装。为了穿得合身，她把袖管和裤腿都接长了，破的地方仔细地打上了补丁。这是她对自己的家、对爸爸的唯一念想了，所以她一直穿着，而不是像玛莎和其他大一点的女孩那样，用运白菜的麻袋给自己做衣服穿。

　　黛西在被绑架后的许多年里，仍然坚信她爸爸还活着。她是个聪明的女孩，知道她爸爸并不认同伊卡狛格的存在，因此她强迫自己相信爸爸被关在什么地方的牢房里，透过装有铁条的窗口抬头看着月亮，而黛西每晚睡觉前也在仰望同一个月亮。

　　来到甘特大娘家第六个年头的一天晚上，黛西给霍普金斯家的双胞胎掖好被子，向他们保证很快就会见到爸爸妈妈。然

她强迫自己相信爸爸被关在什么地方的牢房里，透过装有铁条的
窗口抬头看着月亮，而黛西每晚睡觉前也在仰望同一个月亮。

韩欣宸　8岁

后她在玛莎身边躺下，像往常一样仰头看着天空中那一轮浅黄色的圆月，她突然意识到自己不再相信爸爸还活着了。希望已经从她心里飞走，就像一只小鸟逃出了被掠夺的鸟窝。泪水渗出了黛西的眼眶，但她告诉自己，爸爸去了一个更好的地方，跟她妈妈一起在极乐的天堂里。她努力地安慰自己：爸爸妈妈不再被束缚在尘世间，他们可以住在任何地方，包括黛西自己的心里，而她内心必须永远存着对他们的怀念，就像火苗久久不灭。然而，你真正想要的是爸爸妈妈回到你身边，紧紧地拥抱你，但他们却只能活在你的心里，这太令人难受了。

黛西不像孤儿院的其他许多孩子，她清晰地保留着对爸爸妈妈的记忆。这份爱的记忆支撑着她，她每天都帮着照料孤儿院的小孩子，保证他们得到她自己所失去的拥抱和温暖。

不过，使黛西能够坚持下去的不只是对爸爸妈妈的怀念。她有一种奇怪的感觉，似乎她注定要做一件大事 —— 这件事不仅会改变她自己的生活，还将改变整个丰饶角的命运。她从没有把这奇怪的感觉告诉别人，包括她最好的朋友玛莎，但这是她力量的源泉。黛西相信，她的机会肯定会到来。

第38章

斯皮沃爵爷来访

在最近几年里，甘特大娘是少数几个越来越有钱的丰饶角居民之一。她在她的小屋里塞了那么多大大小小的孩子，把房子都快挤爆了。然后她便要求如今统治王国的两位爵爷给她拨款，扩建她那摇摇欲坠的房屋。这些年，孤儿院是一个很景气的行业，它使甘特大娘吃到了只有大富翁才能享用的美食。她的金币大都花在了一瓶瓶最优质的酒香城葡萄酒上。说来遗憾，甘特大娘喝醉酒后凶得要命。就因为甘特大娘酒后乱发脾气，孤儿院里的孩子们身上经常是青一块紫一块的。

被她收养的孩子每天喝白菜汤，遭受虐待，有些活不了多久就死了。饥饿的孩子被源源不断地从前门送进来，房子后面的小墓地变得越来越拥挤。甘特大娘根本不在乎。孤儿院里的那些约翰和简妮在她眼里都一个样，只是一张张苍白消瘦的脸，唯一的价值就是她接收他们时能拿到的金子。

在斯皮沃爵爷统治丰饶角的第七年，他又收到甘特大娘孤儿院要求拨款的申请，首席顾问决定在给老太婆批更多的资金

第 38 章　斯皮沃爵爷来访

之前，先去检查一下那个地方。为了欢迎尊贵的爵爷，甘特大娘穿上了她最好的黑色丝绸裙，并且留意不让爵爷闻到她嘴里喷出的酒气。

"都是一个个小可怜儿，是不是，大人？"她问斯皮沃，斯皮沃用喷了香水的手绢捂住鼻孔，打量着周围那些面黄肌瘦的孩子；甘特大娘弯腰抱起一个沼泽乡的小不点儿，他的肚子因为饥饿而膨胀，"您看看，他们多么需要大人您的帮助啊。"

"是的，是的，显然。"斯皮沃说，把手绢紧紧压在脸上；他不喜欢小孩子，特别是这么肮脏的小孩子。但是他知道丰饶角的许多人都对儿童怀有一种愚蠢的喜爱，所以，让大量儿童死去是不明智的，"很好，同意增加拨款，甘特大娘。"

爵爷正要转身离开，突然注意到一个脸色苍白的女孩站在门边，两个胳膊里各抱着一个婴儿。她穿着补丁摞补丁的工作装，衣边被放开并且加长了。这女孩身上有某种东西，使她看上去跟别的孩子明显不同。斯皮沃甚至产生了奇怪的想法，仿佛他以前见过某个跟她很像的人。这女孩不像其他孩子，她似乎根本不觉得他的首席顾问长袍有什么了不起，也看不上他作为伊卡狛格防御大队总指挥给自己颁发的那些叮叮当当的勋章。

"你叫什么名字，姑娘？"斯皮沃停在黛西身边，放下喷香水的手绢，问道。

"我叫简妮，大人。您知道，我们在这里都叫简妮。"黛西说，用冰冷而严肃的眼神打量着斯皮沃。她记得她在当年玩耍的王宫庭院里见过这个人，他和弗拉蓬怒气冲冲地走过时，总是把孩子们吓得不敢作声。

"你为什么不行屈膝礼？我是国王的首席顾问。"

"首席顾问不是国王。"女孩说。

"她在说什么？"甘特大娘嘶哑着嗓子问，趔趔趄趄地走过来看黛西是不是在惹祸。在孤儿院的所有孩子里，黛西·多夫泰是甘特大娘最不喜欢的。甘特大娘想尽办法挫败她的锐气，但这女孩的精神始终没有垮掉。"你在说什么，丑八怪简妮？"她问。黛西一点也不丑，这个名字也是甘特大娘打击她的手段之一。

"她在解释为什么不给我行屈膝礼。"斯皮沃说，仍然盯着黛西的一双黑眼睛，暗自纳闷曾在什么地方见过它们。

事实上，他是定期巡视地牢时在木匠脸上见过这样的眼睛。但多夫泰先生现在已经疯疯癫癫，满头满脸的花白色长头发和长胡子，而这女孩看上去聪慧而冷静，斯皮沃就没有把两个人联系到一起。

"丑八怪简妮总是莽撞无礼。"甘特大娘说，心里暗暗发誓，等斯皮沃爵爷一走就狠狠教训黛西一顿，"我总有一天要把她赶出去，大人，让她尝尝在大街上要饭的滋味，省得她住着我的、吃着我的，还不知好歹。"

"我会多么想念白菜汤啊。"黛西用冰冷、刚毅的语气说，"您知道吗？大人，我们在这里就吃这东西。白菜汤，一天三顿！"

"我相信很有营养。"斯皮沃爵爷说。

"不过有时候，作为一种特殊优待，"黛西说，"我们能吃到孤儿院蛋糕。您知道那是什么吗，大人？"

"不知道。"斯皮沃似乎不得不这样说。这女孩身上有某种东西⋯⋯是什么呢？

"是用变质的食材做的。"黛西说，一双黑眼睛紧盯着他的眼睛，"臭鸡蛋，发霉的面粉，在碗柜里放了太长时间的残羹剩饭⋯⋯人们没有别的食物匀给我们，就把他们不要的东西混杂在一起，放在前门台阶上。有时候，孤儿院蛋糕会让孩子们吃了闹病，但孩子们还是吃，因为他们实在太饿了。"

斯皮沃并没有在听黛西说的话，他在听她的口音。黛西虽然在酒香城待了这么长时间，话音里仍带有甘蓝城的腔调。

"你是哪里的人，姑娘？"斯皮沃问。

其他孩子都沉默下来，注视着爵爷对黛西说话。甘特大娘讨厌黛西，但年龄小一点的孩子都非常喜欢她，因为甘特大娘和打手约翰欺负他们时，黛西会挺身出来保护，而且她从来不像几个大孩子那样偷他们的点心渣。他们还知道，她经常从甘特大娘的私人储藏室偷面包和奶酪给他们吃，不过那是一件很危险的事，黛西有时会为此遭到打手约翰的毒打。

"我是丰饶角的人，大人。"黛西说，"您可能听说过。那是一个以前存在的国家，那里从来没有人受穷或挨饿。"

"够了。"斯皮沃爵爷大吼一声，转身面对甘特大娘，说道："我同意你的意见，夫人。这孩子似乎对你的好意没有半点感恩之心。也许应该把她扔到外面去，让她自生自灭。"

说完，斯皮沃爵爷快步走出了孤儿院，砰的一声关上了大门。他刚一离开，甘特大娘就朝黛西挥起了拐杖，黛西早已训练有素，一闪身就躲开了。老太婆拖着脚走开，一边嗖嗖地挥着拐杖，吓得那些小孩子们都四散逃开，然后她走进她那间舒适的客厅，重重地关上了门。孩子们听见酒瓶塞咚的一声打开。

那天晚上，玛莎和黛西爬到她们相邻的床上时，玛莎突然对黛西说：

"知道吗，黛西，你跟首席顾问说的话不对。"

"哪一句不对，玛莎？"黛西小声问。

"你说过去的人们不愁吃喝、生活幸福，这句话不对。在沼泽乡，我们家常常揭不开锅。"

"对不起。"黛西轻声说，"我忘记了。"

"当然啦，"玛莎困倦地叹了口气，"是伊卡狍格一直在偷我们的羊。"

黛西又往薄薄的毯子下面缩了缩，想让自己暖和起来。她和玛莎在一起这么久，始终没能让玛莎相信伊卡狍格并不存在。可是今晚，黛西希望自己也能相信沼泽地里有一个怪物，而不愿意相信她在斯皮沃爵爷眼睛里看到的人性的邪恶。

第 39 章

伯特和伊卡狍格防御大队

现在我们回到甘蓝城，这里将要发生几件重要的事情。

我相信你还记得在比米希少校葬礼的那天，小伯特回到家中，用拨火棍砸碎了他的玩具伊卡狍格，发誓长大后要去抓捕伊卡狍格，找那个害死他爸爸的怪物报仇。

如今伯特快要十五岁了。你可能觉得这个年龄还不算很大，但在当时已经可以当兵了，而且伯特听说防御大队正在招人。于是，在一个星期一的早晨，伯特按平常的时间从小木屋出发，但是没有去上学 —— 他没有把自己的计划告诉妈妈 —— 他把课本塞在花园的篱笆里，准备过后来取。然后他朝王宫走去，打算申请加入防御大队。为了图个吉利，他把爸爸的那枚对抗伊卡狍格的杰出勇士勋章挂在衬衫里面。

伯特没走多远，就看见前面的路上起了骚动。一小群人聚集在一辆邮件马车周围。伯特满脑子都想着怎么好好回答罗奇少校会问他的那些问题，没有怎么注意那辆邮车，直接走了过去。

　　伯特没有意识到，那辆邮车的到来将产生一系列非常重要的后果，并会使他踏上一次危险的旅行。就让伯特独自走一会儿吧，我来说说那辆邮车的事。

　　艾斯兰达小姐曾告诉弗雷德国王，丰饶角因为伊卡狍格税而不堪重负，在那之后，斯皮沃和弗拉蓬采取了一些措施，确保国王不再听到都城之外的任何消息。甘蓝城还跟以前一样富裕和繁荣，而国王再也没有离开过都城，他以为全国别的地方肯定也是一样。实际上，因为两位爵爷和罗奇从老百姓手里搜刮去了那么多金子，丰饶角的其他城市里到处都是乞丐和用木板封死的店铺。斯皮沃爵爷本来就会偷看国王的所有信件，后来，为了保证国王永远被蒙在鼓里，他找人雇了几伙拦路强盗，拦截所有进入甘蓝城的信件。知道这件事的只有罗奇少校，因为那些强盗是他雇来的；还有男仆坎科比，因为制订这个计划时他就藏在警卫室的门外。

　　斯皮沃的计划一直进行得很顺利，可是今天，就在天亮之前，几个拦路强盗把事情搞砸了。他们像往常一样伏击邮件马车，把可怜的赶车人从座位上拽下来，可是还没等他们来得及偷走邮包，几匹受惊的马就蹿了出去。强盗冲着马的背影开枪，反而使马跑得更快了。很快，邮件马车就冲进了甘蓝城，在大街小巷里疾速奔跑，最后来到了城中城里。一位铁匠抓住缰绳，总算把那些马拦了下来。不一会儿，国王的仆人们纷纷拆开了他们期盼已久的北方亲人的来信。我们待会儿再了解这些信的内容，现在要回到伯特身边去了，他刚走到王宫的大门口。

很快，邮件马车就冲进了甘蓝城，
在大街小巷里疾速奔跑，最后来到了城中城里。

张芊妤　13岁

"拜托，"伯特对警卫说，"我想加入伊卡狛格防御大队。"

警卫问了伯特的名字，叫他等着。警卫去向罗奇少校通报，可是走到警卫室门口时，他停住了脚步，因为他听见了喊叫声。他敲了敲门，里面的声音顿时安静了。

"进来！"罗奇粗声大气地说。

警卫走进去，发现自己面对着三个男人：罗奇少校，看上去火冒三丈；弗拉蓬爵爷，穿着条纹丝绸睡衣，脸涨得通红；男仆坎科比，他像往常一样时间掐得很准，上班路上正好看见邮件马车蹿进城里，赶紧跑来告诉弗拉蓬，说邮件不知怎的逃过了那些拦路强盗。一听到这个消息，弗拉蓬就气呼呼地从卧室冲下楼，闯进警卫室，为强盗的无能责骂罗奇，于是爆发了一场激烈的争吵。斯皮沃去检查甘特大娘的孤儿院了，两个人都不愿意他回来得知这件事后怪罪自己。

"少校，"警卫说着，朝两个男人敬了个礼，"门口有个男孩，长官，名叫伯特·比米希。他想知道能不能加入伊卡狛格防御大队。"

"叫他滚开。"弗拉蓬吼道，"我们忙着呢！"

"不能叫比米希家的男孩滚开！"罗奇恶狠狠地说，"立刻带他来见我。坎科比，你走吧！"

"我本来希望，"坎科比用他那狡黠的口气说，"两位先生可能会赏赐我——"

"邮车从身边冲过时，傻瓜都能看得到！"弗拉蓬说，"你如果想要赏赐，应该跳上马车，把它直接赶出城去！"

失望的男仆溜走了，警卫去叫伯特。

"你搭理这个男孩做什么？"屋里只剩他们两个人时，弗拉蓬问罗奇，"我们现在要解决的是邮件这件事！"

"他不是普通的男孩。"罗奇说，"他是一位民族英雄的儿子。你还记得比米希少校吧，大人。你一枪打死了他。"

"好了，好了，没必要反复唠叨这件事。"弗拉蓬不耐烦地说，"我们都从中捞到了不少金子，不是吗？ 你认为他儿子想要什么 —— 赔偿金？"

罗奇少校还没来得及回答，伯特走了进来，神情紧张而急切。

"早上好，比米希。"罗奇少校说，伯特跟罗德里克是朋友，所以少校认识他很久了，"我能为你做些什么？"

"拜托，少校，"伯特说，"请您让我加入伊卡狍格防御大队吧。我听说你们需要更多的人。"

"啊。"罗奇少校说，"明白了。你为什么有这种想法？"

"我想杀死那个害死我爸爸的怪物。"伯特说。

片刻的沉默，罗奇少校真希望自己像斯皮沃爵爷一样善于编造谎言和借口。他看了一眼弗拉蓬爵爷，想求得他的帮助，但没有回应。不过罗奇知道弗拉蓬也看出了危险。伊卡狍格防御大队最不需要的，就是真心想找到伊卡狍格的人。

"要经过考试。"罗奇说，他想拖延时间，"不是随便什么人都能加入的。你会骑马吗？"

"我会，先生。"伯特如实地说，"我自己学会的。"

“你会使剑吗？”

“我相信我很快就能学会。”伯特说。

“你会射击吗？”

“我会，先生。我能从围场边上射中一个瓶子！”

“嗯。”罗奇说，“好的。可是问题在于，比米希——是这样的，问题在于，你可能太——”

“太笨了。”弗拉蓬冷酷地说。他打心眼里希望这男孩赶紧离开，让他和罗奇想办法解决邮车这件麻烦事。

伯特的脸一下子涨红了。“什——什么？”

“你的老师告诉我的。”弗拉蓬胡扯道，他从来没有跟那位老师说过话，“她说你像个笨蛋。干别的行当倒没有什么问题，但当兵不行，战场上有个笨蛋可是要命的事。”

“我——我成绩挺好的。”可怜的伯特说，拼命不让自己的声音发抖，“蒙克小姐从来没有对我说过她认为我——”

“她当然不会告诉你。”弗拉蓬说，“只有傻瓜才会认为她那样善良的女人会告诉一个傻瓜他是个傻瓜。学着像你妈妈那样做糕点吧，孩子，忘了伊卡狍格的事，这是我的忠告。”

伯特特别害怕自己的眼睛里噙满泪水。他拼命皱紧眉头，忍着不哭出来，说道：

“我——希望有机会证明我不是——不是一个傻瓜，少校。”

罗奇不会像弗拉蓬那样粗暴地处理问题，但是说到根本，最重要的是阻止男孩加入防御大队，因此罗奇说道：“对不起，比米希，但我认为你不适合当兵。就像弗拉蓬爵爷建议的那样——”

"谢谢，少校，耽误您的时间了。"伯特匆匆地说，"对不起，给您添麻烦了。"

他低低地鞠了一躬，离开了警卫室。

到了外面，伯特拔腿就跑。他觉得自己非常渺小和丢脸。他打心眼里不想再回学校，特别是听到老师对他的真实看法之后。他以为妈妈已经去王宫的厨房干活了，便一路跑回了家，几乎没有留意人们此刻三五成群地聚集在街角，议论着手里的那些信。

伯特走进家门，发现比米希太太还站在厨房里，盯着手里的一封信。

"伯特！"看到儿子突然出现，她吃了一惊，说道，"你怎么回家来了？"

"牙疼。"伯特临时想出一个借口。

"哦，可怜的孩子……伯特，我们收到了哈罗德表叔的一封信。"比米希太太说着，把信举了起来，"他说他担心他的酒馆保不住了——他白手起家建造的那家美妙的酒馆！他写信问我能不能在国王手下给他找一份工作……我不明白到底是怎么回事。哈罗德说他们全家连饭都吃不饱了！"

"准是伊卡狍格惹的祸，对不对？"伯特说，"酒香城是离沼泽乡最近的城市。人们可能夜里不再去酒馆了，生怕路上会碰到那怪物！"

"是的，"比米希太太满脸忧愁地说，"是的，也许就是那个原因……天哪，我干活迟到了！"她把哈罗德表叔的信放在桌上，说道，"在那颗疼的牙齿上抹点丁香油，亲爱的。"她迅速亲了儿子一口，就匆匆出门去了。

妈妈刚一离开，伯特就走过去一头扑倒在自己床上，又生气又失望地哭了起来。

这个时候，焦虑和愤怒的情绪正在都城的大街小巷蔓延。甘蓝城的人终于知道他们在北方的亲戚已经穷得吃不上饭，无家可归了。那天夜里斯皮沃爵爷回到城里时，发现这里正酝酿着一场大动乱。

第40章

伯特发现线索

　　斯皮沃听说一辆邮件马车闯进了甘蓝城中心，顿时抄起一把沉重的木椅子，朝罗奇少校的头上砸去。罗奇比斯皮沃强壮得多，轻轻松松地把椅子挡到一边，并立刻用手握住了他的剑柄。几秒钟内，两个男人在昏暗的警卫室里气势汹汹地对峙，弗拉蓬和密探在一旁看得目瞪口呆。

　　"你派一批黑脚兵今晚去甘蓝城郊外。"斯皮沃命令罗奇，"伪装出一次袭击——必须吓唬吓唬那些人。必须让他们懂得，这笔税非缴不可，他们的亲戚吃苦遭罪，都是拜伊卡狗格所赐，跟我和国王没有半点关系。快去，弥补你造成的损失！"

　　满脸怒气的少校离开了房间，心里想着如果能跟斯皮沃单独在一起十分钟，他会用什么方式收拾那家伙。

　　"你们，"斯皮沃对他的密探说，"明天早晨向我汇报罗奇少校的活儿干得是不是地道。如果城里人还在小声议论饥荒和穷亲戚，那么，我们就只能让罗奇少校尝尝地牢的滋味了。"

　　于是，等都城进入睡眠之后，罗奇少校手下的一群黑脚兵开始行动，要让甘蓝城的人第一次相信伊卡狍格来到了他们家门口。黑脚兵挑选了位于城市最边缘的一座小屋，它与周围的邻居有一点距离。那些人早就有了经验，他们破门而入，闯进小屋，说来令人痛心，他们杀死了住在那里的小老太太。我不妨告诉你，那老太太写过几本很漂亮的带插图的书，讲的是生活在飞流河里的鱼。他们把她的尸体抬走，埋在某个荒郊野外，然后，一伙人把多夫泰先生精心雕刻的伊卡狍格的四个大脚，摁在那个鱼类专家房子周围的泥地里。他们还砸烂了她的家具，捣碎了她的鱼缸，让她养的鱼躺在地上喘着气死去。

第二天早晨，斯皮沃的密探汇报说这个计划似乎成功了。甘蓝城这么长时间都没有遭遇恐怖的伊卡狍格，现在终于被它袭击了。黑脚兵的技术已经炉火纯青，能把脚印弄得非常逼真，把门砸得像是被一个庞大的野兽破门而入的样子，还用锋利的金属工具在木头上伪造出一道道牙印。那些拥到可怜的老太太家里围观的甘蓝城居民，一个个全都信以为真了。

年轻的伯特·比米希一直留在现场，后来他妈妈回去做晚饭了，他也没有离开。他把那怪兽的脚印和牙印的每个细节都牢记在心中，这样他才能逼真地想象，当他终于跟那个害死他爸爸的凶恶怪兽面对面时，它会是什么样子——因为他丝毫也没有放弃找怪兽报仇的梦想。

伯特确信他把怪物留下的痕迹的每个细节都记在心里后，就走回家去。他心里燃烧着怒火，把自己关在卧室里，拿下爸爸的"对抗致命的伊卡狍格的杰出勇士"勋章，以及他跟黛西·多夫泰吵架后国王发给他的那枚小勋章。这些日子，小勋章总让伯特感到很难过。自从黛西去了普里塔国之后，伯特身边就再没有像她那么好的朋友了，但是他想，至少黛西和她爸爸逃离了凶恶的伊卡狍格的魔爪。

伯特眼睛里涌出了愤怒的泪水。他是多么渴望参加伊卡狍格防御大队啊！他知道自己会成为一名出色的士兵。哪怕在战斗中死去也在所不惜！当然啦，那肯定会让妈妈伤心欲绝的——伊卡狍格不仅害死了她的丈夫，还夺去了她儿子的生命——可是另一方面，伯特将会像爸爸一样，成为一名英雄！

伯特沉浸在报仇和当英雄的思绪里，走上前把两枚勋章放回到壁炉架上。突然，小勋章从他的手指间滑落，滚到了床底下。伯特趴下来用手去摸，可是够不着。他扭动着爬到床底下，终于在最远、最肮脏的那个角落里找到了勋章，旁边还有一个尖尖的东西，好像在那里很长时间了，上面布满了蜘蛛网。

伯特把勋章和那个尖尖的东西都从角落里拿出来，然后满身是灰地坐起身子，查看那个不知道是什么的东西。

就着烛光，他看见了一只小小的、雕刻十分精美的伊卡狍格的脚，是多夫泰先生很久以前刻的那个玩具的最后一点碎片。伯特本以为他已经把玩具的所有碎片都烧掉了，这只脚肯定是在他用拨火棍砸碎伊卡狍格的时候飞出去，滚到了床底下的。

伯特正要把小脚扔进卧室的炉火里，却突然改变了主意，更加仔细地打量起它来。

第41章

比米希太太的计划

"妈妈。"伯特说。

比米希太太正坐在厨房的桌旁，织补伯特一件毛衣上的窟窿，并不时地停下来擦擦眼泪。伊卡狍格袭击甘蓝城邻里的消息，使她又忆起了比米希少校惨死的可怕场景。她想起那天夜里在王宫的蓝色会客厅里，她亲吻着丈夫那只可怜的、冰冷的手，而他的整个身体都盖在丰饶角的国旗下面。

"妈妈，你看。"伯特用一种异样的语气说，把他在床底下发现的那个带爪子的木头小脚放在妈妈面前。

比米希太太把小脚拿起来，她戴着在烛光下做针线活时戴的眼镜，仔细打量着。

"哎呀，这不是你以前那个小玩具的脚吗？"伯特的妈妈说，"你的玩具伊卡狍……"

可是比米希太太没有把话说完。她眼睛仍然盯着木刻的小脚，心里却想起了这天早些时候，她和伯特在失踪的老太太家周围软土地里看到的那些怪兽脚印。虽然它们大了不知道多少倍，但形状跟这只脚完全相同，脚趾的角度、脚上的鳞片，还有那个长长的爪子，全都一样。

在那几分钟里，屋里只听见烛芯的噼啪声，比米希太太用颤抖的手指转动着木头小脚。

就好像脑海里的一扇门突然打开了：很长时间以来，她一直把那扇门关着，封得死死的。自从丈夫死后，比米希太太始终不肯承认对伊卡狍格有半点质疑或怀疑。她对国王忠心耿耿，对斯皮沃充满信任，她相信那些声称伊卡狍格不存在的人都是叛徒。

然而，她曾拼命想挡在外面的那些不愉快的回忆，此刻都像潮水一样涌上了心头。她想起自己告诉洗碗女仆，多夫泰先生发表了关于伊卡狍格的叛国言论，结果一转脸却看见男仆坎科比藏在暗处偷听；她想起在那之后不久多夫泰一家就失踪了；她想起那个玩跳绳的小姑娘穿着黛西·多夫泰的一件旧衣服，还说她弟弟那天得到了一个溜溜球；她想起表叔哈罗德正在挨饿，想起她和邻居们最近几个月都奇怪地注意到，他们一直收不到北方的来信；她还想起艾斯兰达小姐的突然失踪让许多人感到疑惑不解。比米希太太凝视着木头小脚时，这些事和另外一百件蹊跷的事在她脑海里叠加在一起，形成了一个狰狞恐怖的轮廓，给她带来了比伊卡狍格大得多的恐惧。她问自己，丈夫在那片沼泽地里究竟遭遇了什么？为什么不允许她看到丰饶角国旗掩盖下的尸体？各种可怕的想法都搅在一起，比米希太太转头看着儿子，在他脸上也看到了自己的怀疑。

"国王不可能知道。"她轻声说,"不可能。他是一个好人。"

就算比米希太太相信的事情都可能是错的,她也无法放弃对国王的信任。她坚信勇敢的弗雷德国王是善良的。他一向对她和伯特都那么和蔼可亲。

比米希太太站起身,手里紧紧攥着那个木头小脚。她放下织补了一半的伯特的毛衣。

"我要去见国王。"她说,伯特从没在她脸上见到过这么坚决的神情。

"现在?"伯特望着窗外的黑夜,问道。

"就今晚去,"比米希太太说,"趁那些爵爷可能不在他身边。他会见我的。他一直都很喜欢我。"

"我也想去。"伯特说,他突然产生了一种奇怪而不祥的预感。

"不。"比米希太太说,她走到儿子面前,把一只手放在他肩膀上,抬头看着他的脸,"听我说,伯特。如果我一小时内没有从王宫回来,你就离开甘蓝城。到北边的酒香城去,找到哈罗德表叔,把一切都告诉他。"

"可是 ——"伯特说,突然感到害怕。

"答应我,如果我一小时内没回来,你就走。"比米希太太情绪激烈地说。

"好 …… 好的。"伯特说,这个男孩刚才还想象着要去英勇牺牲,不管妈妈会有多难过,此刻突然被吓坏了,"妈妈 ——"

　　他妈妈迅速拥抱了他一下。"你是个聪明的男孩。永远不要忘记，你是一个糕点师的儿子，也是一个士兵的儿子。"

　　比米希太太快步走到门口，穿上鞋子。她最后朝伯特微笑了一下，就出门融入了夜色中。

第42章

帘子后面

比米希太太从王宫庭院进入厨房时，里面黑乎乎的，空无一人。她踮着脚往前走，一边往角落里张望，因为她知道男仆坎科比喜欢鬼鬼祟祟地藏在暗处。比米希太太慢慢地、小心翼翼地走向国王的私人套房，她把木头小脚在手里攥得那么紧，尖尖的爪子都扎进了她的手心。

终于，她来到了通向弗雷德套房的铺着深红地毯的走廊里。这时她听见房门后传出一阵阵笑声。比米希太太猜到弗雷德还没有得知伊卡狗格袭击甘蓝城郊外的消息，如果他知道了这件事，肯定不会这样大笑的。可是，国王身边显然有人，而她希望单独跟弗雷德见面。她站在那里，犹豫着该怎么办，就在这时，前面那扇门开了。

比米希太太倒抽一口冷气，闪身躲到一幅长长的天鹅绒帘子后面，努力让帘子不要摇晃。斯皮沃和弗拉蓬正说说笑笑地跟国王道晚安。

"这笑话太精彩了，陛下。哎呀，我的裤子都绷裂了！"弗

比米希太太倒抽一口冷气，闪身躲到
一幅长长的天鹅绒帘子后面，努力让帘子不要摇晃。

白霁　12岁

拉蓬粗声大笑。

"我们得给您改名叫幽默的弗雷德国王，陛下！"斯皮沃咯咯笑着说。

比米希太太屏住呼吸，拼命把肚子往里收。她听见弗雷德的房门关上的声音。两位爵爷立刻停住了笑声。

"十足的白痴。"弗拉蓬压低声音说。

"我见过有些美酪城的奶酪都比他聪明。"斯皮沃轻声说。

"明天能不能你自己值班来哄他呀？"弗拉蓬嘟囔道。

"我三点钟以前都和税收官有事要忙呢。"斯皮沃说，"不过如果——"

两位爵爷突然停住话头。他们的脚步声也停住了。比米希太太仍然屏住呼吸，她闭上眼睛，暗暗祈祷他们没有注意到帘子鼓出来一块。

"好吧，晚安，斯皮沃。"弗拉蓬的声音说。

"好的，睡个好觉，弗拉蓬。"斯皮沃说。

比米希太太的心跳得飞快，她很轻很轻地舒了口气。没事了，两位爵爷去睡觉了……可是她听不见脚步声……

说时迟那时快，帘子忽地一下被扯开，她甚至没来得及喘一口气。她刚要喊叫，弗拉蓬的大手就捂住了她的嘴，斯皮沃抓住了她的两个手腕。两位爵爷把比米希太太从她藏身的地方拖出来，拽着她走下近旁的那道楼梯；她拼命挣扎，想发出喊叫，却怎么也挣不脱，而且弗拉蓬的大手堵得她发不出一点声音。最后，他们把她拖进了那间蓝色会客厅，当时她就是在这里亲吻亡夫的手的。

"不许喊。"斯皮沃警告她，一边抽出一把匕首，他即使在王宫里也喜欢随身带着它，"不然国王就需要一个新的糕点师了。"

他示意弗拉蓬拿开捂住比米希太太嘴巴的手。比米希太太赶紧大大地喘了口气，她觉得自己快要晕倒了。

"你让那个帘子鼓出了好大一块，厨子。"斯皮沃讥笑道，"厨房都关门了，你藏在那里，离国王这么近，打算搞什么名堂？"

比米希太太当然可以编出一些可笑的谎话。她可以谎称她想问问弗雷德国王希望她明天早晨做什么蛋糕，但是她知道两位爵爷不会相信。于是，她伸出攥着伊卡狍格木脚的那只手，张开了手指。

"我知道了你们干的好事。"她轻声说。

两位爵爷凑过来，低头看着她的手心，看着那个跟黑脚兵们使用的大脚形状一模一样的小脚。斯皮沃和弗拉蓬对视了一下，然后都望向比米希太太，糕点师看到他们脸上的表情，心中只有一个念头：跑，伯特——快跑！

第43章

伯特和卫兵

　　伯特注视着时钟的分针一圈圈地走，身边桌上的蜡烛慢慢地越烧越短。他告诉自己，妈妈肯定很快就回来。她随时都会走进来，拿起伯特那件织补了一半的毛衣，就好像从来没把它放下过，然后一五一十地告诉伯特她去见国王的经过。

　　后来，分针似乎越走越快了，伯特愿意做任何事情，只要能让它放慢速度。还剩四分钟。三分钟。两分钟。

　　伯特站起来，走到窗口。他左右望望漆黑的街道。看不见妈妈回来的身影。

　　可是，慢着！他的心狂跳起来：他看见街角那儿有动静！在那狂喜的几秒钟内，伯特相信马上就会看见比米希太太走进那片月光下，妈妈会发现窗户里他焦急的神情，朝他露出微笑。

　　接着，他的心像石头一样沉了下去。走过来的不是比米希太太，而是罗奇少校，身边还跟着伊卡狍格防御大队的四个粗壮大汉，手里都拿着火把。

　　伯特赶紧从窗口缩回屋里，抓过桌上的毛衣，三步并两步冲向自己的卧室。他抓起鞋子和爸爸的勋章，把卧室的窗户用力向上推开，翻身爬了出去，再从外面把窗户轻轻关上。他跳到下面的菜地里时，听见罗奇少校在砰砰地砸着前门，接着一个粗鲁的声音说道："我去后面看看。"

伯特赶紧卧倒在一排甜菜后面的泥地里，往浅黄色的头发上抹了一些泥土，然后一动不动地躺在黑暗中。

他透过闭着的眼皮看见闪烁的亮光。一个士兵把火把举得高高的，希望能看见伯特跑进了别人家的菜园。甜菜叶投下了一道道长长的、摇曳的阴影，士兵没有注意到隐藏在甜菜叶后面的伯特那沾满泥土的身体。

"喂，他没往这边来。"士兵喊道。

哐当一声，伯特知道罗奇撞开了前门。他听着士兵们在屋里翻箱倒柜的声音。伯特躺在地里一动也不敢动，因为火把的亮光仍然照在他紧闭的眼皮上。

"也许他在他妈妈去王宫之前就逃走了。"

"不管怎样，我们必须找到他。"熟悉的罗奇少校的声音吼叫道，"他是伊卡狍格第一个受害者的儿子。如果伯特·比米希跟大家说那怪物是编出来的，人们肯定会相信。快分头去搜索，他还不可能走远。如果抓住了他，"罗奇说，他的手下们沉重的脚步声在比米希家的木地板上回响，"就把他干掉。事后我们再编些故事。"

伯特平躺在那里，完全静止，听着那些男人在街上跑来跑去，最后伯特头脑里有一个冷静的声音说：

快走。

他把爸爸的勋章挂在脖子上，穿上那件织补了一半的毛衣，抓起两只鞋子，开始在地里往前爬，一直爬到邻居家的栅栏那儿。他在土里刨了个坑，让自己能从栅栏底下钻过去。他不停地爬，最后来到了一条鹅卵石街道上，但他仍能听到士兵们的声音在黑夜里回响。他们砰砰地敲门，要求进屋搜查，问人们有没有看见伯特·比米希，那个糕点师的儿子。伯特听见他们把他形容成一个危险的叛徒。

伯特又抓了一把土抹在脸上。然后，他站起来，猫着腰，冲进了街道对面一个漆黑的门洞。一名士兵跑过，所幸伯特现在满身脏土，站在黑漆漆的门边，伪装得很好，那人什么也没有发觉。士兵消失后，伯特提着鞋子，光着脚从一个门口跑向另一个门口，依次躲在一个个黑暗的门洞里，悄悄地朝城中城的大门靠近。但就在快要接近大门时，伯特看见有个卫兵在站岗，他还没来得及想出办法，就不得不赶紧闪身藏在正义的理查德国王的一座雕像后面，因为罗奇和另一名士兵走过来了。

"你看见伯特·比米希了吗？"他们朝卫兵喊道。

"什么，那个糕点师的儿子？"那人问。

罗奇一把揪住那人制服的前襟，用力摇晃他，就像猎狗抖动一只兔子。"当然，糕点师的儿子！你有没有放他出大门？快说！"

"没有，"卫兵说，"那男孩做了什么，你们要来追他？"

"他是个叛徒！"罗奇恶狠狠地说，"谁要是敢帮那小子，我亲手毙了他，明白了吗？"

"明白了。"卫兵说。罗奇松开那人，和他的手下一起又跑走了，他们的火把在墙上映下跳动的光影，直到他们又一次被黑暗吞没。

伯特注视着那个卫兵整了整制服，晃了晃脑袋。伯特迟疑了一下，悄悄地从藏身的地方走出来，他知道这样做可能会要了自己的命。伯特把自己伪装得实在太好了，满身都是泥土，卫兵直到在月光下看见了伯特的眼白才发现身边有人，他惊恐地尖叫了一声。

"求求您，"伯特小声说，"求求您 …… 不要揭发我。我需要离开这儿。"

他从毛衣下面掏出爸爸那枚沉甸甸的银勋章，擦了擦上面的泥土，拿给卫兵看。

"我给您这个 —— 是纯银的！ —— 只要您肯放我出大门，不对人说您见过我。我不是叛徒，"伯特说，"我没有背叛过任何人，我发誓。"

卫兵是一个上了年纪的男人，有一把硬撅撅的灰胡子。他对着满身泥土的伯特打量了一会儿，说道：

"留着你的勋章吧，孩子。"

他把大门打开一道缝，让伯特溜了出去。

"谢谢您！"伯特喘着气说。

"走小路。"卫兵叮嘱他，"别相信任何人。祝你好运。"

第 44 章

比米希太太的抗争

伯特溜出城门的时候，比米希太太正被斯皮沃爵爷推搡着押进地牢里的一间牢房。隔壁有一个嘶哑刺耳的声音，正和着敲榔头的节奏唱国歌。

"闭嘴！"斯皮沃冲着墙喊道。歌声停止了。

"等我做完了这只脚，大人，"那个沙哑的声音说，"您就放我出去见我的女儿吗？"

"是的，是的，你会见到你的女儿的。"斯皮沃大声回答，翻了个白眼，"好了，快安静吧，我要跟住在你隔壁的人说话！"

"大人，在你开始说话前，"比米希太太说，"我有几件事想跟你说。"

斯皮沃和弗拉蓬惊讶地瞪着这个矮矮胖胖的女人。被他们押到地牢里来的人，还从来没有谁显得这么骄傲呢，她似乎根本不在乎被丢进这间冰冷潮湿的牢房。斯皮沃想起了艾斯兰达小姐，她仍然被关在他的藏书室里，仍然不肯嫁给他。斯皮沃没想到一个厨子竟然也能表现得像贵族小姐一样高傲。

"首先，"比米希太太说，"如果你杀死我，国王会知道的。他会注意到我不再给他做糕点。他能尝出味道变了。"

"这点不假。"斯皮沃说，脸上带着冷酷的笑容，"不过，国王会相信你是被伊卡狍格弄死的，所以他只能慢慢习惯他的糕点味道有所不同，是不是？"

"我的房子位于王宫围墙的阴影里。"比米希太太反驳道，"要想伪造伊卡狍格的袭击，肯定会惊醒一百个目击者。"

"那很容易解决。"斯皮沃说，"我们会说你一时头脑发昏，深夜里跑到飞流河的岸边散步，当时伊卡狍格正好在那儿喝水。"

"本来倒是可以，"比米希太太说，她不假思索地编出了一套假话，"但我留下了一些指令，如果我被伊卡狍格杀害的消息传出去，这些指令就会被执行。"

"什么指令，你给了谁指令？"弗拉蓬说。

"肯定是她儿子，"斯皮沃说，"但那小子很快就会落到我们手里的。记住，弗拉蓬——我们等干掉她儿子之后再杀死厨子也不迟。"

"在这段时间，"比米希太太说，想到伯特可能落入斯皮沃手里，她感到一阵冰冷的恐惧，但假装不动声色，"你不妨把这间牢房好好布置一下，装一个炉子，把我平常的那些用具都拿来，这样我就能继续为国王做蛋糕了。"

"是啊……为什么不呢？"斯皮沃慢吞吞地说，"我们都很爱吃你做的糕点，比米希太太。你可以继续为国王做美食，直到你的儿子被抓住。"

"好的，"比米希太太说，"但是我需要帮手。我建议把这牢里的几个犯人培训一下，他们至少能帮我打打蛋白、摆摆烤盘什么的。

"这就需要你们给这些可怜的犯人多吃一点。你们把我押过来的时候，我注意到他们有些人瘦得像骷髅一样。我可不能让他们因为饿极了把我的食材都吃光。

"最后，"比米希太太快速扫了一眼她的牢房，说道，"如果我想获得充足的睡眠，做出达到国王要求的优质蛋糕，我还需要一张舒服的床和几条干净毯子。国王的生日就快到了，他会希望尝到一些很特别的美味。"

这个囚犯太令人吃惊了，斯皮沃打量了她片刻，说道：

"夫人，你和你的孩子很快就要死了，你想到这点难道不感到惊慌吗？"

"哦，厨师学校教我懂得了一个道理，"比米希太太耸了耸肩说，"那就是最优秀的厨师也会把面皮烤焦、把蛋糕做砸。卷起袖子，开始做别的吧。事情已经没法补救，为它唉声叹气一点用也没有！"

斯皮沃想不出什么有力的话来反驳，便对弗拉蓬使了一个眼色。两位爵爷离开了牢房，牢门在他们身后哐啷关上了。

他们刚一离开，比米希太太就不再假装勇敢，她一头扑在了硬板床上，这是牢房里唯一的一件家具。她浑身颤抖，甚至担心控制不住自己。

　　不过，一个女人如果连自己的情绪都控制不了，是不可能在一座拥有世界顶级糕点师的城市里，高升为国王后厨主管的。比米希太太深吸一口气，让自己振作起来。接着她听见隔壁那个粗哑的声音又唱起了国歌，她把耳朵贴在墙上，开始寻找声音是从哪里传进她牢房的。终于，她在靠近天花板的地方发现一道裂缝。她站在床上，轻声叫道："丹？丹尼尔·多夫泰？我知道是你。我是伯莎，伯莎·比米希！"

　　然而那嘶哑的声音只是继续唱歌。比米希太太瘫倒在床上，用双臂抱住自己，闭上了眼睛。她怀着痛苦的心情祈祷，希望伯特不管在哪里，都是安全的。

第45章

伯特在酒香城

伯特一开始没有意识到，整个丰饶角都已经得到斯皮沃爵爷的警告，要注意捉拿他这位逃犯。他听从城门口那个卫兵的忠告，一直走的是乡间小路和僻静的小径。伯特以前没有去过北边的酒香城，不过他大致顺着飞流河的河道往前走，知道自己走的方向肯定是对的。

他头发乱糟糟的，鞋子里满是泥巴。他走过一片片耕地，晚上睡在阴沟里。第三天晚上，他悄悄溜进美酪城，想找点东西填填肚子。有一家奶酪店的窗户里贴着一张通缉令，他这才第一次在通缉令上赫然看见了自己的画像。幸好，画像上那个干干净净、面带微笑的小伙子，跟旁边黑乎乎的玻璃里映出的那个肮脏流浪汉没有一点相同之处。不过，看到通缉令上写着悬赏一百枚金币捉拿他，不论死活，他还是受了惊吓。

伯特在黑暗的街道上匆匆地走，经过一些瘦得皮包骨的狗和被木板封住的窗户。有一两次，他还碰到其他肮脏的、衣衫褴褛的人，他们也在垃圾桶里找东西吃。最后，他好不容易赶

有一家奶酪店的窗户里贴着一张通缉令，
他这才第一次在通缉令上赫然看见了自己的画像。

崔筠晗　10岁

在别人前面下手，抢到了一块有些发霉的硬奶酪。他在一家废弃的乳品店后面的桶里喝了几口雨水，就匆忙离开了美酪城，回到乡村小路上。

伯特一边走，一边忍不住惦念起他的妈妈。他们不会杀死她的，他一遍遍地告诉自己。他们绝对不会杀死她。她是国王最喜欢的仆人，他们不敢。伯特不能让妈妈可能会死的想法进入自己的脑海；他知道，如果想到妈妈不在了，他下次睡在阴沟里也许就没有力气再爬出来了。

伯特的脚上很快就磨出了泡，为了避免碰到人，他绕了很远的路。第二天夜里，他偷吃了一片果园里的最后几个腐烂的苹果；第三天夜里，他从别人家的垃圾桶里捡了一只鸡的骨架，啃净了上面剩的一点点碎肉。等他看见酒香城的深灰色轮廓出现在地平线上时，他的体重已经掉得太厉害了，他不得不从一家铁匠铺的院子里偷了一根绳子做腰带，拴住一直往下掉的裤腰。

一路上，伯特告诉自己，只要找到哈罗德表叔，一切就都没事了：他就可以把自己的烦恼全都交给一个成年人。哈罗德会解决所有这些问题的。伯特在城墙外面徘徊，直到天擦黑时，才一瘸一拐地进入这座酿酒的城市，朝哈罗德的酒馆走去，脚上的水泡疼得钻心。

窗户里没有灯光，伯特走近一看，知道了原因。所有的门窗都用木板封死了。酒馆已经停业，哈罗德一家似乎离开了。

"请问，"伯特焦急之下，向一个过路的女人打听，"你能告诉我哈罗德去了哪儿吗？哈罗德，他曾是这家酒馆的老板。"

"哈罗德？"那女人说，"哦，他一星期前去了南方。他有亲戚在甘蓝城。他希望能在国王手下找到一份工作。"

伯特惊呆了，注视着女人慢慢走远，消失在黑暗中。一股刺骨的寒风吹来，他眼角的余光看见一张自己的通缉令在旁边一根路灯柱上飘动。他精疲力尽，不知道接下来该怎么办，他想象着索性就坐在这冰冷的台阶上，等着士兵们过来把他抓走。

突然，他感到一把剑抵住了他的后背，接着一个声音在他耳边说：

"抓住你了。"

第 46 章

罗德里克·罗奇的故事

你可能以为伯特听了这话会吓得要命，可是信不信由你，那声音却使他顿时放下心来。因为他听出了那人是谁。所以，他并没有举起双手，恳求对方饶命，而是转过身，跟罗德里克·罗奇面对着面。

"你笑什么？"罗德里克盯着伯特那张肮脏的脸，吼道。

"我知道你不会刺我的，罗迪。"伯特轻声说。

虽然剑在罗德里克手里，但伯特看出对方比自己害怕得多。罗德里克浑身颤抖，睡衣外面套着大衣，两只脚上裹着沾满血迹的破布。

"你就是这样从甘蓝城一路走过来的？"伯特问。

"不关你的事！"罗德里克恶狠狠地说，想摆出一副凶相，但他的牙齿在嘚嘚打战，"我要把你押走，比米希，你这个叛徒！"

"不，你不会的。"伯特说着，一把拿过了罗德里克手里的剑。罗德里克终于忍不住哭了出来。

"好了，好了。"伯特温和地说，用胳膊搂住罗德里克的肩膀，领他拐进一条小巷，躲开那张扑啦啦飘动的通缉令。

"滚开。"罗德里克哭着说，一扭身甩开伯特的胳膊，"别碰我！这一切都怪你！"

"什么事都怪我？"伯特问，两个男孩停在了几个扔满空酒瓶的垃圾桶边。

"你从我爸爸手下逃跑了！"罗德里克说着，用袖子擦了擦眼泪。

"嘿，我当然要逃跑。"伯特理直气壮地说，"他想杀死我。"

"可是现 — 现在他被 — 被杀死了！"罗德里克泣不成声。

"罗奇少校死了？"伯特惊讶极了，说道，"怎么死的？"

"斯 — 斯皮沃干的。"罗德里克哭着说，"当时谁 — 谁也找不到你，他就 — 就带着士兵来 — 来到我们家。他气疯了，因为我爸爸没能抓到你 —— 他夺过一个士兵的枪 —— 就……"

罗德里克一屁股坐在了一个垃圾桶上，伤心地哭着。一阵寒风吹进小巷。伯特想，这证明了斯皮沃这个人有多危险。一向对他忠心耿耿的皇家卫队首领，他都能一枪打死，看来没有人是安全的。

"你怎么知道我来了酒香城？"伯特问。

"王 — 王宫里的坎科比告诉我的。我给了他五个金币。他记得你妈妈说过，你表叔开了一家酒馆。"

"你认为坎科比会把这事告诉多少人？"伯特紧张起来，问道。

"大概很多人吧。"罗德里克说，一边用睡衣的袖子擦了擦脸，"他为了金子，会把消息卖给任何人的。"

"你还好意思说。"伯特说，心里开始冒火，"你刚才为了一百个金币就打算把我卖出去！"

"我不 — 不要金 — 金币。"罗德里克说，"我是为了我 — 我妈妈和几个弟弟。我想，只要我把你交出去，就能 — 能把他们换回来。斯皮沃把 — 把他们抓走了。我是从卧室窗户逃出来的。所以我穿着睡衣。"

"我也是从卧室窗户逃出来的。"伯特说，"但我至少还知道带上鞋子。快走，我们最好离开这儿。"他说，一边把罗德里克拉了起来，"看看路上能不能从一根晾衣绳上给你偷几只袜子。"

可是他们刚走了两步，身后就响起了一个男人的声音：

"举起手来！你们俩跟我走！"

两个男孩举起双手，转过身。一个蓬头垢面、凶神恶煞般的男人刚从黑影里闪了出来，拿着一杆枪对着他们。他没有穿制服，伯特和罗德里克都不认识他，如果黛西·多夫泰在场，会告诉他们此人是谁：打手约翰，甘特大娘的跟班，现在已是个成年人了。

打手约翰往前走了几步，眯着眼轮流看了看两个男孩。"不错。"他说，"你们两个可以。把剑给我。"

伯特被枪指着胸口，没有别的选择，只能把剑交了出去。不过伯特并没有感到多么害怕，因为他 —— 不管弗拉蓬是怎么对他说的 —— 实际上是个非常聪明的男孩。这个脏兮兮的男人

一个蓬头垢面、凶神恶煞般的男人刚从
黑影里闪了出来，拿着一杆枪对着他们。

徐和颐　11岁

似乎没有意识到自己抓住了一个价值一百金币的逃犯。他似乎是在随便找两个男孩，至于为什么嘛，伯特猜不出来。可是罗德里克却吓得脸色惨白。他知道斯皮沃在每座城市都安插了密探，他认定了他们俩都要被交给首席顾问，而他，罗德里克·罗奇，会因为跟一个叛徒勾结而被判处死刑。

"快走。"那个一脸凶相的男人说，用枪比画着叫他们走出小巷。伯特和罗德里克被枪指着后背，不得不在酒香城漆黑的街道里穿行，最后来到了甘特大娘孤儿院的门前。

第47章

在地牢里

　　在王宫厨房里干活的人们从斯皮沃爵爷那里得到消息，说比米希太太要求有个独立的厨房，因为她觉得自己比其他人重要得多，大家听了都感到非常吃惊。事实上，有些人已经起了疑心，他们认识比米希太太这么多年了，她从来没有表现得骄傲自大。不过，国王的餐桌上仍然经常出现她做的蛋糕和点心，他们就知道她不管在哪里，至少还活着。这些仆人像他们的许多同胞一样，知道最安全的做法是什么都不要问。

　　这段时间，王宫地牢里的生活已经彻底改变了。比米希太太的牢房里装了一个炉子，她的那些锅碗瓢盆也从厨房里搬了下来，她还训练周围牢房里的犯人完成各种各样的任务，协助她做出羽毛一般松软的可口糕点，她正是凭借这些糕点成为王国里最优秀的烘焙师的。她要求把犯人的伙食加倍（确保他们有足够的力气去搅拌，和馅，量刻度，称重量，过筛子，把东西从这里倒进那里），她还要来一个灭鼠夹，清除牢房里的害虫，又要来一个仆人，负责在牢房之间跑腿，把各种厨房用具隔着牢门发给大家。

炉子的热量驱散了墙壁里的潮气，美味的香气取代了霉烂和污水的臭味。比米希太太坚持让每个犯人都尝一尝刚做出的蛋糕，这样他们才能知道自己的辛苦换来了什么结果。慢慢地，地牢开始变成一个充满活力甚至充满欢乐的地方，那些在比米希太太来之前身体虚弱、饿得半死的犯人，都渐渐地胖了起来。比米希太太这样忙碌着，想分散一下自己的注意力，免得整天为伯特感到担忧。

其他犯人忙着做糕点的时候，多夫泰先生在隔壁的牢房里唱国歌，不停地刻伊卡狛格的大脚。比米希太太到来之前，其他犯人听着他的歌声和敲打声很是恼火，现在她鼓励大家和他一起唱。犯人们齐唱国歌的声音，淹没了多夫泰先生的榔头声和凿子声；最棒的是，当斯皮沃跑下地牢，叫他们不要这样大声喧哗时，比米希太太假装不明白地说，不让人唱国歌？这难道不是叛国罪吗？斯皮沃听到这话傻了眼，犯人们全都高声大笑起来。比米希太太似乎听见隔壁牢房里也传来一声微弱的、呼哧带喘的轻笑，她不由得心头一喜。

比米希太太可能对疯病不太了解，但她知道怎么挽救看似坏掉了的东西，比如凝固了的酱汁和打翻了的蛋奶酥。她相信多夫泰先生破损的头脑是可以修复的，只要能让他明白他不是孤单一人，让他想起来自己是谁。因此，比米希太太时常会建议大家唱一些别的歌，让多夫泰先生可怜的大脑拐到另一条路上，逐渐恢复理智。

最后，比米希太太又惊又喜地听到他在和别人一起合唱伊卡狛格饮酒歌。很久以前，当人们仍以为那怪物只是传说时，这首歌曾经非常流行：

一瓶酒下肚，伊卡狛格是造谣，
两瓶酒下肚，我听见它轻轻叫，
三瓶酒下肚，我看见它悄悄跑，
伊卡狛格过来了，临死前我们喝个饱！

比米希太太放下刚从炉子里端出来的那盘蛋糕，一下子跳到床上，对着高墙上的那道裂缝轻声说话。

"丹尼尔·多夫泰，我听见你唱那首滑稽的歌了。我是伯莎·比米希，你的老朋友。还记得我吗？很久以前，我们经常唱那首歌，那时候孩子们还很小。我的伯特，你的黛西。你还记得吗，丹？"

她等待回音，过了一会儿，似乎听见了一声啜泣。

你可能会觉得奇怪，比米希太太听见多夫泰先生在哭竟然很高兴，这是因为眼泪和笑声一样，也能治愈人的心智。那个夜晚，以及之后的许多个夜晚，比米希太太透过墙上的那道裂缝跟多夫泰先生轻声说话，过了一阵，多夫泰先生开始有了回应。比米希太太告诉多夫泰先生，她非常后悔把他议论伊卡狛格的话告诉了洗碗女仆；多夫泰先生对比米希太太说，他后来心里一直非常难过，觉得自己不该说比米希少校是从马背上摔下来的。两人互相保证对方的孩子一定还活着，他们必须相信这一点，不然活不下去。

  这时，一股冰冷的寒意开始透过那扇高高的、装有铁条的小窗户渗进地牢。犯人们知道一个难熬的冬天正在来临，但地牢已经变成了一个充满希望和治愈伤痛的地方。比米希太太给她所有的帮手都要来了毯子，并且让她的炉子彻夜燃烧着，她打定主意要让大家都活下来。

这时，一股冰冷的寒意开始透过那扇高高的、
装有铁条的小窗户渗进地牢。

阿勤辰　10岁

第48章

伯特和黛西重逢

　　甘特大娘的孤儿院里也感觉到了冬天的寒冷。孩子们穿着破衣烂衫，一日三餐只喝白菜汤，没法像营养充足的孩子们那样抗得住咳嗽和感冒。不断地有约翰和简妮被埋进孤儿院后面的小墓地里。他们因为缺少食物、温暖和关爱而死去，谁也不知道他们真正的名字，但其他孩子会默默地哀悼他们。

　　因为孩子们接二连三地死去，甘特大娘就派打手约翰到酒香城的大街上去寻找，尽量把一些无家可归的孩子弄过来，维持孤儿院里的人数。检查员每年过来三次，调查她接收的孩子有没有虚报人头。她愿意尽可能接收年龄大些的孩子，因为他们比小孩子壮实一些。

　　甘特大娘从每个孩子身上捞到的金币，使她在孤儿院中的私人套房成了丰饶角最奢华的地方：烧得很旺的炉火、天鹅绒的扶手椅、厚厚的丝绸地毯、铺着柔软羊毛毯的床。她的桌上总是放着最精美的食物和葡萄酒。当男爵城的馅饼和美酪城的奶酪被送进甘特大娘的套房时，饥肠辘辘的孩子们仿佛闻到了天堂的气息。现在，除了接待调查员，甘特大娘几乎从不离开自己的房间，她把管理孩子的事交给了打手约翰。

两个新男孩刚来到孤儿院时，黛西·多夫泰没怎么注意他们。他们像所有新来的孩子一样，衣衫褴褛，浑身脏兮兮的，黛西和玛莎忙着让尽量多的年幼孩子活下来。她们为了让小家伙们吃饱，自己饿着肚子；黛西身上经常被打手约翰用拐杖打得青一块紫一块的，因为她在打手约翰要打某个小孩子时上前挡在他们中间。她即使想到那两个新来的男孩，也是从心里瞧不起他们，他们竟然一点也不反抗，乖乖地同意被叫作约翰。她哪里想得到，两个男孩巴不得没有人知道他们的真名呢。

伯特和罗德里克来到孤儿院一星期后，黛西和好朋友玛莎偷偷地给海蒂·霍普金斯家的龙凤胎办了一个生日派对。许多年幼的孩子都不知道自己的生日是哪天，黛西就帮他们挑一个日子，并且保证每次都给他们庆生，哪怕只是多加一份白菜汤。她和玛莎还总是鼓励小家伙们记住自己的真名，同时叮嘱他们，当着打手约翰的面还是要互相称呼"约翰"和"简妮"。

这次黛西为双胞胎准备了一份特殊的美味。两天前，她竟然从送给甘特大娘的食物里成功地偷出了两块正宗的甘蓝城蛋糕，专门留给双胞胎过生日的时候吃，蛋糕的香味折磨着黛西，她必须拼命忍着才没有自己把它们吃掉。

"哦，真好吃。"小姑娘眼含喜悦的泪花，叹着气说。

"真好吃。"她弟弟随声附和。

"是甘蓝城的糕点，那里是国都。"黛西告诉他们。她总是给年幼的孩子们讲她被中断的学生时代的往事，经常向他们描绘他们从未见过的那些城市。玛莎也很喜欢听美酪城、男爵城和甘蓝城的事情，她除了沼泽乡和甘特大娘的孤儿院，没有在别的地方生活过。

双胞胎刚吃完蛋糕的最后一点碎屑，打手约翰忽然冲进了房间。盘子里还留着一点奶油，黛西想把它藏起来，可是打手约翰已经看见了。

"你，"他咆哮道，把拐杖举过头顶，一步步逼近黛西，"你又偷东西，丑八怪简妮！"他正要把拐杖砸向黛西，突然发现它在半空被抓住了。是伯特，他听见了喊声，跑过来看是怎么回事。他看见打手约翰把一个穿着打补丁工装服的瘦女孩逼到了墙角。就在拐杖要落下去的一刹那，伯特一把抓住了它。

"你敢。"伯特低吼着对打手约翰说。黛西第一次听出这个新来的男孩有甘蓝城口音，但是他的样子跟她所认识的那个伯特完全不同——个头高了许多，面部轮廓也硬朗了不少——所以她没有认出来。伯特呢，他记忆中的黛西是一个橄榄色皮肤的小姑娘，扎着两条褐色的辫子，他不记得自己曾经见过面前这个目光如炬的女孩。

打手约翰想把拐杖从伯特手里抢过来，可是罗德里克过来给伯特助阵了。他们很快就结束了这场打架，打手约翰输了，在所有孩子的记忆中这还是第一次。最后他离开了房间，嘴唇破了个口子，骂骂咧咧地说要报仇。孤儿院里很快就小声地传开了，说两个新来的男孩救了黛西和双胞胎，说打手约翰灰溜溜地逃跑了，那样子别提多狼狈了。

那天晚上，孤儿院的孩子们都睡觉了，伯特和黛西在楼梯的平台上擦肩而过。他们停下脚步，微微有点尴尬地交谈起来。

"太感谢了，"黛西说，"白天多亏了你。"

"不客气。"伯特说，"他经常那么欺负人吗？"

"经常。"黛西说着，轻轻耸了耸肩，"但是双胞胎吃到了蛋糕，我感到很欣慰。"

这时伯特觉得黛西的脸型似乎有点熟悉，并从她的声音里听出了甘蓝城口音。他低头看着那条破旧的、洗过多次的工装服——黛西不得不把裤腿给接长了。

"你叫什么名字？"他问。

黛西看了看四周，确保没有人在偷听。

"黛西。"她说，"但是打手约翰在的时候，你千万记住叫我简妮。"

"黛西。"伯特激动地说，"黛西——是我呀！伯特·比米希！"

黛西吃惊地张大嘴巴，还没等他们反应过来，两个人已经抱在一起，泣不成声，仿佛他们又变成了当年阳光灿烂的日子里，那两个在王宫庭院玩耍的小孩子——那时候黛西的妈妈还没有死，伯特的爸爸还没有被害，那时候丰饶角似乎是世界上最幸福的地方。

第 49 章

逃离甘特大娘家

　　一般来说，孩子们会在甘特大娘孤儿院里一直住到被她赶到外面的大街上。她照顾已经成年的人是拿不到金子的，之所以留下打手约翰，是因为他对自己有用。只要还能从孩子们身上捞到金子，甘特大娘就确保所有的门都用锁和门闩封得死死的，不让他们逃跑。钥匙都在打手约翰身上，最近一个想偷钥匙的男孩被他毒打后，好几个月才把伤养好。

　　黛西和玛莎都知道她们很快就要被赶出去了，她们倒不怎么为自己发愁，只是担心她们走了那些小家伙怎么办。伯特和罗德里克知道，他们也必须在差不多的时间离开，也许更早。他们没法去查看那些画着伯特头像的通缉令是不是还贴在酒香城的墙上，但估计它们还没有被取下来。四个孩子每天过得战战兢兢，生怕甘特大娘和打手约翰发现他们的屋檐下住着一个价值一百枚金币的逃犯。

　　另一方面，每天夜里，其他孩子都睡觉后，伯特、黛西、玛莎和罗德里克都会碰头，讲自己的经历，把各自知道的丰饶角的情况集中在一起。他们聚会的地点是打手约翰唯一从来不去的地方：厨房里存放白菜的大储藏间。

罗德里克从小就习惯了嘲笑沼泽乡的人，第一次聚会时，他笑话了玛莎的口音，黛西严厉地责备了他，后来他就再也没有那么做过。

他们坐在一堆堆硬邦邦、臭烘烘的白菜中间，围着一根蜡烛，就好像它是一团火。黛西把自己被绑架的经过告诉了两个男孩；伯特说了他爸爸意外死亡之后他的恐惧；罗德里克讲了黑脚兵怎样在城里伪造袭击现场，让人们相信伊卡狛格的存在。他还告诉三个同伴，人们的邮件被拦截，两位爵爷把国家的金子一马车一马车地偷走，几百个人惨遭杀害，那些斯皮沃觉得能派上用场的人被关进了牢里。

不过，两个男孩各自隐瞒了一件事，是什么事呢？我来告诉你吧。

罗德里克怀疑，比米希少校许多年前在沼泽地里是被意外枪杀的，但他没有告诉伯特，他害怕好朋友会怪他没有早点说出来。

另一方面，伯特相信黑脚兵们使用的大脚是多夫泰先生刻的，但他没有告诉黛西。他认为多夫泰先生做了大脚之后肯定被杀害了，他不愿意让黛西自欺欺人地相信她爸爸还活着。罗德里克不知道黑脚兵用的好几套大脚是谁刻的，黛西根本想不到她爸爸跟那些袭击有关。

"可是那些士兵呢？"黛西问罗德里克，这是他们在白菜储藏间碰头的第六个夜晚，"伊卡狍格防御大队和皇家卫队呢？ 他们也参与了吗？"

"我认为这是肯定的，多少都参与了，"罗德里克说，"但只有高层的人知道内情 —— 两位爵爷，和我的 —— 和那个接替我爸爸的人。"说完，他沉默了片刻。

"士兵们肯定知道伊卡狍格并不存在，"伯特说，"他们在沼泽乡驻扎了那么久。"

"但是真的有一个伊卡狍格呀。"玛莎说。罗迪没有笑，如果他刚认识玛莎可能就会笑话她了。黛西像往常一样没有理会玛莎，但是伯特温和地说："我以前也这么相信的，但后来明白了究竟是怎么回事。"

那天深夜，四个人回去睡觉时，商定第二天晚上再聚。每个人都雄心勃勃地想要拯救自己的国家，可是他们不得不再一次面对现实：没有武器，根本对付不了斯皮沃和他手下大量的士兵。

第七天晚上，两个女孩来到白菜储藏间，伯特一看到她们的表情，就知道事情不妙。

"有麻烦了。"玛莎刚关上储藏间的门，黛西就小声说，"刚才我们上床前，听见甘特大娘在跟打手约翰说话。有一个孤儿院调查员已经在路上了。他明天下午就会到这儿。"

两个男孩面面相觑，都是一脸的焦虑。他们最担心的就是一个外人认出他们两个是逃犯。

"我们必须离开。"伯特对罗德里克说，"现在，今晚。我们联手，可以从打手约翰那里拿到钥匙。"

"算我一个。"罗德里克说着，攥紧了拳头。

"听着，我和玛莎跟你们一起去。"黛西说，"我们已经想出了一个计划。"

"什么计划？"伯特问。

"我建议我们四个人往北走，找到士兵们在沼泽乡的营地。"黛西说，"玛莎知道路，可以带我们过去。到了那儿，我们就把罗德里克说的事情全都告诉那些士兵 —— 比如伊卡狍格是假的 ——"

"但它是真的呀。"玛莎说，另外三个人没有理会她。

"—— 比如无辜者被杀害，还有斯皮沃和弗拉蓬偷走了国家的大量金子。光靠我们几个是对付不了斯皮沃的。肯定有一些正直的士兵愿意不再听从他的命令，帮助我们把国家夺回来！"

"这计划倒是不错。"伯特慢悠悠地说，"但我认为你们两个女孩不应该去，会很危险的。我和罗德里克去就行了。"

"不，伯特。"黛西说，眼睛里几乎闪着狂热的光，"我们有四个人，能劝说的士兵就多了一倍。拜托你别争了。除非近期有什么变化，不然冬天还没结束，这个孤儿院里的大多数孩子就被埋进那个墓地了。"

伯特又争辩了一会儿，才答应让两个女孩一起去，他暗自担心黛西和玛莎的身子骨太弱，路上吃不消，但他最后还是同意了。

"好吧。你们最好把床上的毯子扯下来，因为天很冷，要走的路很长。我和罗迪去对付打手约翰。"

于是，伯特和罗德里克悄悄溜进打手约翰的房间。一场恶斗，速战速决。幸好甘特大娘吃晚饭时灌了两大瓶葡萄酒，不然那么响的撞击声和喊叫声肯定会把她吵醒的。打手约翰浑身是伤、血迹斑斑地躺在地上，罗德里克偷走了他的靴子。两个男孩把他锁在自己的房间里，飞快地跑过去，跟等在大门边的两个女孩会合。他们用了足足五分钟，才打开了所有的挂锁，解开了所有的铁链。

打开大门，一股凛冽的寒风朝他们扑来。黛西、伯特、玛莎和罗德里克回头最后看了一眼孤儿院，然后用破烂的毯子裹住肩膀，出门来到街道上，顶着刚刚开始飘落的雪花，动身往沼泽乡走去。

第50章

冬天的旅程

四个年轻人长途跋涉，前往沼泽乡，丰饶角的历史上从没有过比这更艰苦的旅程。

这是王国一百年来最寒冷的一个冬天，当酒香城漆黑的轮廓在他们身后消失时，大雪已经纷纷扬扬，眼前白茫茫的一片，什么也看不清。打着补丁的单薄衣服和几条破破烂烂的毯子，根本抵挡不住刺骨的严寒；冷风像长着尖牙的小狼，啃咬着他们的每一寸肌肤。

如果没有玛莎，他们绝对不可能找到路，幸好玛莎对酒香城北边的乡村很熟悉，虽然厚厚的积雪掩盖了所有的地标，但她认出了她曾经爬过的树，认出了一直在那里的奇形怪状的石头，认出了以前邻居家的摇摇欲坠的羊舍。尽管如此，他们越往北走，就越担心自己会在旅途中丧命，不过谁也没有把这想法说出来。他们都感觉到身体在发出恳求，恳求他们别再走了，找一个废弃的谷仓，躺在冰冷的稻草堆里，彻底放弃吧。

到了第三天夜晚，玛莎知道目的地快到了，因为她闻到了

当酒香城漆黑的轮廓在他们身后消失时，
大雪已经纷纷扬扬，眼前白茫茫的一片，什么也看不清。

李垂文　7岁

沼泽地熟悉的淤泥和盐碱水的气味儿。他们都重又获得了一点希望，一个个睁大眼睛，寻找兵营里火把和篝火的影子，想象着在呼啸的风声中听见了人们的说话声，听见了叮叮当当的马具声。偶尔，他们看到远处亮光一闪，或听到一点声音，但却只是月光映照在一个冰封的水坑里，或一棵树被狂风吹得嘎吱作响。

终于，他们走到了茫茫一大片荒地的边缘，放眼望去尽是岩石、沼泽和沙沙作响的野草，他们发现这里根本没有什么士兵。

冬天的暴风雪导致了撤退。指挥官私下里认定根本就没有什么伊卡狍格，他决定不能只为了讨好斯皮沃爵爷，就让他手下的人活活冻死。于是他下令向南转移，如果不是因为厚厚的积雪，而且大雪还在纷纷地下个不停，掩埋了所有的足迹，四个同伴或许就能看见士兵们五天前留下的脚印是往相反方向走的。

"看。"罗德里克说，哆嗦着用手指着，"他们来过……"

一辆马车被遗弃在雪地上，它被卡住了，而士兵们只想尽快逃离暴风雪。四个人走到马车跟前，看到了食物，是伯特、黛西和罗德里克梦里才会看见的记忆中的食物，玛莎之前见都没有见过。一堆堆美酪城的香浓奶酪，一摞摞甘蓝城的糕点，还有男爵城的香肠和鹿肉馅饼，这些被送过来是为了给营地的指挥官和士兵们提神的，因为沼泽乡什么吃的也没有。

伯特伸出冻僵的手指，想拿一个馅饼，可是馅饼上结了一层厚厚的冰，他的手指根本抓不住。

　　他无奈地把脸转向黛西、玛莎和罗德里克，他们的嘴唇都已冻得乌青。谁也没有说话。他们都知道自己将要冻死在这伊卡狛格沼泽地的边缘，但是都觉得已经无所谓了。黛西太冷了，她觉得就这样永远睡去也很美妙。她慢慢地沉入积雪，几乎感觉不到寒意在增加。伯特倒下来，把黛西搂在怀里，但是他也昏昏欲睡，产生了一种异样的感觉。玛莎靠在罗德里克身上，罗德里克想把她拉到自己的毯子下面。四个人在马车旁偎依在一起，很快就失去了意识，大雪慢慢掩盖住了他们的身体，月亮升起来了。

　　这时，一个庞大的影子晃动着落在他们身上。两只巨大的胳膊朝四个朋友伸过来，胳膊上覆盖着沼泽地野草般的长长的绿毛。伊卡狛格轻松地把他们托了起来，好像他们是几个小婴儿，然后带着他们朝沼泽地的深处走去。

第51章

在山洞里

几个小时后，黛西醒来了，但她并没有立刻把眼睛睁开。黛西不记得自己童年之后有过这么舒服的感觉，小时候，她盖着妈妈亲手缝的拼布被子，每个冬天的早晨醒来时都听见火苗在壁炉里噼噼啪啪地响。此刻她也听见火苗啪啪作响，还闻到炉子里烤鹿肉馅饼的香味儿，于是知道自己肯定是在做梦，梦见又回到了家里，爸爸妈妈都在。

可是火苗的声音和馅饼的香气太真实了，黛西突然想到她可能不是在做梦，而是在天堂里。也许她已经冻死在沼泽地的边缘？ 她身体没有动，只把眼睛悄悄睁开。她看见了跳动的炉火，还看见了粗糙的墙壁，似乎这是在一个很大的山洞里；接着，她发现她和三个同伴躺在一个很大的窝里，这窝好像是用没纺成线的羊毛铺成的。

炉火边有一块巨大的岩石，上面覆盖着长长的、绿褐色的沼泽地野草。黛西盯着岩石看了好一会儿，直到眼睛适应了昏暗的光线。她这才发现，那块有两匹马那么高的岩石也正盯着她看。

老故事里都说伊卡狛格的样子像一条火龙，或一条蛇，或一个飘来飘去的食尸鬼，但黛西立刻就知道眼前这个就是真正的伊卡狛格。她紧张极了，慌忙又闭上眼睛，把一只手在柔软的羊毛下面伸过去，摸到一个人的后背，轻轻捅了捅。

"什么事？"伯特轻声说。

"你看见了吗？"黛西小声问，眼睛仍闭得紧紧的。

"看见了。"伯特压低声音说，"不要看它。"

"我没在看。"黛西说。

"我告诉过你们真的有伊卡狛格。"玛莎用惊恐的声音低语。

"它好像在烤馅饼。"罗德里克悄声说。

四个人一动不动地躺着，闭着眼睛，鹿肉馅饼的香味儿越来越诱人；最后每个人都馋得受不了，恨不得马上跳起来抓过一个馅饼，赶在伊卡狛格把他们吃掉之前，狼吞虎咽地吃上几口，这样就算是死也值了。

接着，他们听见那怪物在移动。它身上粗糙的长毛发出窸窸窣窣的声音，厚实的大脚踩出沉重的脚步声。咚的一声，似乎那怪物放下了一个沉甸甸的东西。然后一个低沉浑厚的声音说道：

"吃吧。"

四个人都睁开了眼睛。

你可能以为，他们听见伊卡狛格会说人话，肯定感到特别惊讶；其实，他们看到那怪物真的存在，而且还会生火，还在烤馅饼，早就惊愕得目瞪口呆，根本顾不上考虑这一点了。伊卡狛格把一个装着馅饼的粗木盘子放在他们身边的地上，他们这才意识到，这些馅饼肯定是伊卡狛格从那辆废弃的马车上的冰冻食物里取来的。

四个朋友慢慢地、小心翼翼地坐了起来，抬头望着伊卡狛格那双忧伤的大眼睛。伊卡狛格从头到脚都覆盖着粗糙的、蓬乱纠结的绿色长毛，一双眼睛就透过长毛望着他们。它的身形大致像一个人，但是肚子特别大，有两只毛茸茸的大手，每只手上有一根尖尖的利爪。

"你要把我们怎么样？"伯特勇敢地问。

伊卡狛格用低沉浑厚的声音回答：

"我要吃掉你们，但不是现在。"

伊卡狛格转过身，拎起两个用树皮条编成的桶，朝山洞口走去。接着它似乎突然想起了什么，转过身来，对他们说："吼。"

它并没有真的吼，只是说了这个字。四个少年呆呆地望着伊卡狛格，它眨了眨眼，然后转过身，每只手提着一个桶，走出了山洞。接着，一块有山洞口那么大的石头滚过来堵住了洞口，把几个犯人关在洞里。他们听着伊卡狛格的大脚嘎吱嘎吱踩着外面的积雪，渐渐地远去了。

伊卡狍格从头到脚都覆盖着粗糙的、蓬乱纠结的绿色长毛,
一双眼睛就透过长毛望着他们。

刘子玥　8岁

第52章

蘑　菇

　　黛西和玛莎在甘特大娘家喝了这么多年的白菜汤，此刻终于吃到了男爵城的馅饼，这滋味她们一辈子也忘不了。玛莎咬了第一口就热泪盈眶，说她从来不知道还有这么好吃的东西。他们只顾吃馅饼，都把伊卡狍格忘到了脑后。吃完馅饼，他们觉得胆子壮了一些，就站起身，开始在火光的映照下查看伊卡狍格的山洞。

　　"看。"黛西发现了墙上的画，说道。

　　一百个浑身长毛的伊卡狍格，被一群举着长矛的简笔画小人追赶。

　　"看这个人！"罗德里克指着靠近山洞口的一幅画说。

　　就着伊卡狍格炉火的亮光，四个人仔细打量那幅画，画上只有一个伊卡狍格，跟一个简笔小人面对面站着，那人戴着一顶插羽毛的头盔，手里举着宝剑。

　　"看上去像国王。"黛西指着那个人小声说，"你们说，他那天夜里不会是真的看见伊卡狍格了吧？"

另外三个人当然也答不上来，但我可以回答。现在我可以把所有的真相都说出来了，希望你不要怪我没有早点告诉你。

在比米希少校被射杀的那个致命的夜晚，在沼泽地浓浓的大雾中，弗雷德确确实实瞥见了伊卡狍格。我还可以告诉你，那个以为自己的狗被伊卡狍格吃掉的老牧羊人，第二天早晨听见门外有呜咽声和抓挠声，发现他那条忠实的老帕奇又回家了，前面说过，是斯皮沃把狗从缠绕的荆棘中解放了出来。

你可能会对老牧羊人做出草率的评判，怪他没有把帕奇没被伊卡狍格吃掉的消息告诉国王，可是别忙，你应该记得他长途跋涉去了一趟甘蓝城，已经累成了一摊泥。而且国王反正也不会在乎。弗雷德在浓雾中看见那怪物之后，任何事情、任何人都无法再使他相信那怪物不存在了。

"我在想，"玛莎说，"伊卡狍格为什么没有吃掉国王呢？"

"也许像人们传说的那样，国王真的把它打跑了？"罗德里克半信半疑地问。

"你们看，"黛西说，转身看着伊卡狍格的山洞，"这里一根骨头也没有，如果伊卡狍格吃人的话，这就很奇怪了。"

"它肯定是连骨头也一起吃掉了。"伯特说。他的声音在发抖。

黛西突然醒悟过来了，他们曾以为比米希少校是死于沼泽地的一场意外，现在看来是错了。他似乎还是死在了伊卡狍格手里。黛西伸手握住伯特的手，表示自己理解他的心情，知道他身处杀父凶手的窝里感觉多么可怕。就在这时，他们听见外面又传来沉重的脚步声，知道那怪物回来了。四个人赶紧冲回去，坐在那堆柔软的羊毛上，假装一直没有动过窝。

随着轰隆隆一阵巨响，伊卡狛格把石头推开，放进来一股刺骨的寒风。外面的大雪还在下着，伊卡狛格的长毛里有许多积雪。它拎的一个篮子里装着许多蘑菇和一些柴火。另一个篮子里是一堆冻得硬邦邦的甘蓝城糕点。

在几个少年的注视下，伊卡狛格又把火生了起来，把冻成一大坨的糕点放在火边的一块石板上，让它们慢慢解冻。然后，就在黛西、伯特、玛莎和罗德里克的目光下，伊卡狛格吃起了蘑菇。它吃蘑菇的方法很奇怪：用每只手上那根突出的尖爪同时穿起几个蘑菇，优雅地放进嘴里，一次一个，细细地咀嚼，好像那是一种极大的享受。

过了一会儿，它似乎意识到有四个人在眼巴巴地看着它。

"吼。"它又说了一遍，然后继续无视他们，直到吃光了所有的蘑菇，小心翼翼地把解冻了的甘蓝城糕点从热石板上拿起来，用毛茸茸的大手托着，递给几个人类。

"它是想把我们养胖！"玛莎害怕地小声说，但还是急切地抓起一个"浮华的幻想"，紧接着就陶醉地闭上了眼睛。

伊卡狛格和几个人类都吃饱后，伊卡狛格把两个篮子整齐地放在一个角落里，拨旺了炉火，自己挪到山洞口。外面的雪还在下，太阳开始落山。伊卡狛格用奇怪的声音吸了一口气——如果你听过人们吹风笛之前风笛膨胀的声音，就会觉得这声音很熟悉——然后开始唱歌，但它的语言没有一个人听得懂。夜

它拎的一个篮子里装着许多蘑菇和一些柴火。

胡紫原 12岁

幕降临时，歌声在沼泽地的上空回荡。四个少年听着听着，很快就感到困意袭来，一个接一个地躺回到羊毛铺的窝里，睡着了。

第53章

神秘的怪物

好几天里，黛西、伯特、玛莎和罗德里克只是吃伊卡狍格从马车里给他们拿来的冷冻食物，并注视着怪物吃它给自己找来的蘑菇，除此之外，他们没有胆量做别的事。每次伊卡狍格出去（它总是把那块巨石滚过来挡住洞口，不让他们逃跑），他们都会议论它的种种奇怪的行为，但声音压得很低，生怕它躲在巨石的另一边偷听。

他们争论的一件事是伊卡狍格是男是女。黛西、伯特和罗德里克都认为它肯定是男的，因为它的嗓音那么低沉浑厚，可是玛莎在家人饿死之前放过羊，她认为伊卡狍格是女的。

"它肚子越来越大。"她对他们说，"我认为它要生小宝宝了。"

孩子们争论的另一件事，当然啦，就是伊卡狍格打算什么时候吃掉他们，还有它一旦开始行动，他们能不能把它打退。

"我认为我们还有一点时间。"伯特看着黛西和玛莎说，两个女孩在孤儿院住了那么多年，现在仍然很瘦，"你们俩都不够它一顿吃的。"

"如果我抓住它的脖子后面，"罗德里克说，一边模仿着进攻的动作，"伯特使劲打它的肚子 ——"

"我们根本不是伊卡狍格的对手。"黛西说，"它能挪得动那块跟它一样大的石头。我们的力气差得远着呢。"

"如果我们有一样武器就好了。"伯特说着站了起来，把一个石子儿踢到山洞那头。

"你们不觉得很奇怪吗，"黛西说，"我们只看见伊卡狍格吃蘑菇。你们有没有感觉到它是假装自己很凶？"

"它吃羊。"玛莎说，"如果它不吃羊，这些羊毛是从哪儿来的？"

"也许它是收集了挂在荆棘上的一缕缕碎羊毛？"黛西猜道，摘起了一片软软的白色羊毛，"我还是搞不懂，如果它有吃活物的习惯，为什么这里一根骨头也没有呢？"

"它每天晚上唱的那首歌又是怎么回事？"伯特说，"我听得直起鸡皮疙瘩。依我看，那是一首战歌。"

"我听了也感到害怕。"玛莎表示赞同。

"不知道是什么意思。"黛西说。

几分钟后，山洞口的巨石再次被挪开，伊卡狍格又拎着两个篮子出现了，一个篮子里照常装满了蘑菇，另一个篮子里堆着冻得僵硬的美酪城奶酪。

大家像往常一样，一言不发地吃着。伊卡狍格收拾起篮子，把炉火捅旺之后，太阳开始落山，它便又挪到山洞口，准备用人类听不懂的语言，唱那首奇怪的歌。

黛西站了起来。

"你要干吗？"伯特小声说，一把抓住她的脚脖子，"坐下！"

"不。"黛西说着，挣脱了他，"我要跟它谈谈。"

她勇敢地走到山洞口，在伊卡狛格身边坐下了。

第54章

伊卡狍格的歌

伊卡狍格刚深吸一口气，发出平常那种风笛膨胀的声音，黛西突然说道：

"你唱歌用的是什么语言，伊卡狍格？"

伊卡狍格低头看着黛西，吃惊地发现她离得这么近。黛西一开始以为它不会回答，不料它最后用低沉浑厚的声音说道：

"伊卡语。"

"这首歌讲的是什么？"

"伊卡狍格的故事 —— 还有你们族类的故事。"

"你是说，人类？"黛西问。

"是的，人类。"伊卡狍格说，"两个故事其实是一个故事，因为人类是伊卡狍格诞养的。"

它又深吸一口气想唱歌，可是黛西追问："'诞养'是什么意思？是跟出生一样吗？"

"不，"伊卡狍格低头看着她，说道，"诞养跟出生完全不一样。诞养是指新的伊卡狍格出现。"

伊卡狍格

黛西面对伊卡狍格这样一个庞然大物，想尽量表现得恭敬一点，就小心翼翼地说：

"这听上去跟出生有一点像。"

"不，不像。"伊卡狍格用低沉的声音说，"出生和诞养完全不是一回事。我们诞养出宝宝之后，自己就死了。"

"每次都是吗？"黛西问，她注意到伊卡狍格说话时不由自主地摸着肚子。

"每次都是。"伊卡狍格说，"伊卡狍格就是这样。跟自己的孩子一起生活，是人类的一种奇怪习性。"

"可是那太悲哀了。"黛西慢慢地说，"孩子一出生，自己就要死。"

"一点也不悲哀。"伊卡狍格说，"诞养是一件光荣的事！我们的一生都在为诞养做准备。宝宝诞养时我们做的事情和我们的心情，决定了宝宝的天性。好的诞养是非常重要的。"

"我不明白。"黛西说。

"如果我死的时候心情痛苦绝望，"伊卡狍格解释道，"我的宝宝就不会活下来。我亲眼目睹过我的伊卡狍格同胞一个个在绝望中死去，它们的宝宝只比它们多活了几秒钟。伊卡狍格没有希望就活不下去。我是最后一个伊卡狍格，我的诞养将是历史上最重要的一次诞养：如果我的诞养很顺利，我们种族就能存活；如果不顺利，伊卡狍格就会永远消失……

"你们知道吗，我们的灾祸都起源于一次不幸的诞养。"

"这就是你那首歌里唱的吗？"黛西问，"那次不幸的诞养？"

伊卡狍格点点头，眼睛盯着外面大雪纷纷、渐渐黑暗下来的沼泽地。然后，它又像风笛一样深深吸了口气，开始唱歌，这次用的是人类能听懂的语言：

在开天辟地的远古时代，
只有伊卡狍格活在世间，
铁石心肠的冷酷人类
那个时候还没有出现。
当年的世界多么美好，
如天堂一般明媚愉快。
在一去不返的黄金岁月，
没有人把我们猎捕和伤害。

哦，伊卡狍格，诞养回来吧，
诞养回来，我的伊卡狍格。
哦，伊卡狍格，诞养回来吧，
诞养回来，我的伊卡狍格。

悲剧发生！一个风雨之夜，
恐惧诞养出了痛苦，
痛苦不同于它的同胞，
它是那么威猛和魁梧。
它声音粗哑、行为不端，

伊卡狍格

是一个孽种，前所未见，
大家愤怒地连打带骂，
把痛苦驱赶到了外面。

哦，伊卡狍格，在智慧中诞养，
在智慧中诞养吧，我的伊卡狍格。
哦，伊卡狍格，在智慧中诞养，
在智慧中诞养吧，我的伊卡狍格。

在离家一千英里的地方，
它诞养的时刻即将临近。
痛苦在黑暗中孤狍死去，
它诞养出的孩子叫仇恨。
这个伊卡狍格浑身没毛，
它发誓要为过去展开报复。
它充血的眼里怒火燃烧，
邪恶的目光眺望着远处。

哦，伊卡狍格，在善良中诞养，
在善良中诞养吧，我的伊卡狍格。
哦，伊卡狍格，在善良中诞养，
在善良中诞养吧，我的伊卡狍格。

痛苦在黑暗中孤独死去，它诞养出的孩子叫仇恨。
这个伊卡狛格浑身没毛，它发誓要为过去展开报复。

汤心怡　12岁

之后仇恨诞生出了人类，
人类就起源于我们自己，
他们从痛苦和仇恨发展到
数量众多，向我们发起攻击。
成百的伊卡狛格惨遭杀害，
我们的血像雨水浇洒大地，
我们的祖先像树木被人砍伐，
而人类继续来与我们为敌。

哦，伊卡狛格，在勇敢中诞养，
在勇敢中诞养吧，我的伊卡狛格。
哦，伊卡狛格，在勇敢中诞养，
在勇敢中诞养吧，我的伊卡狛格。

人类把我们赶出阳光的家园，
从草地驱赶到乱石泥沼，
驱赶到一望无际的暴雨浓雾。
我们在这里苟活，数量渐少，
直到我们族类只剩下一位，
它躲过了长枪和长矛，
又将在满腔仇恨和怒火中
诞养出自己的宝宝。

哦，伊卡狛格，快杀死人类，

快杀死人类吧，我的伊卡狛格。

哦，伊卡狛格，快杀死人类，

快杀死人类吧，我的伊卡狛格。

伊卡狛格唱完这首歌后，黛西和它默默地坐了一会儿。星星已经出来了。黛西眼睛盯着月亮，说道：

"伊卡狛格，你吃了多少人？"

伊卡狛格叹了口气。

"到现在为止，一个也没有。伊卡狛格爱吃蘑菇。"

"你打算在你快要诞养的时候吃掉我们吗？"黛西问，"为了让你的孩子出生时相信伊卡狛格是吃人的？你想把它们诞养成食人族，对吗？为了夺回你们的家园？"

伊卡狛格低头看着黛西。它似乎不想回答，但最后点了点毛蓬蓬的大脑袋。在黛西和伊卡狛格身后，伯特、玛莎和罗德里克就着即将熄灭的火光，惊恐地交换着眼神。

"我知道失去自己最爱的人是什么感觉。"黛西轻声说，"我妈妈死了，我爸爸失踪了。在我爸爸离开后的很长时间里，我都强迫自己相信他还活着，我必须这样做，不然我可能也会死去。"

黛西站起身，抬头凝视着伊卡狛格忧伤的眼睛。

"我想，人类几乎跟伊卡狛格一样需要希望。可是，"她说，把手按在自己的胸口，"我的爸爸妈妈都仍然活在这里，永远活在这里。所以你吃我的时候，伊卡狍格，请最后吃我的心脏吧。我要尽量让我的爸爸妈妈活得久一点。"

她走回山洞里，四个人类又在炉火旁的羊毛堆里躺了下来。

过了一会儿，黛西在半梦半醒间，仿佛听见伊卡狍格在抽泣。

第55章

斯皮沃冒犯国王

发生了邮车逃脱的灾难之后，斯皮沃爵爷采取了一些措施，确保这样的事情不再发生。在国王不知道的情况下，全国颁发了一则告示：所有信件必须由首席顾问拆开检查，看信中是否有叛国罪的蛛丝马迹。告示还列出了如今在丰饶角被视为叛国罪的所有罪状，供人们对照检查。说伊卡狍格不存在，弗雷德不是个好国王，仍然是叛国罪；批评斯皮沃爵爷和弗拉蓬爵爷，是叛国罪；说伊卡狍格税太高，是叛国罪。另外，说丰饶角不像以前那样幸福和富足，也第一次成了叛国罪。

现在大家都不敢在信里说实话了，寄到都城的信越来越少，几乎彻底消失了，也不再有人到都城来走亲访友。这倒正中了斯皮沃的下怀，于是他开始执行计划的第二个步骤，那就是给弗雷德寄去许多拍马屁的信。这些信不能都是相同的笔迹，斯皮沃就把几个士兵关在一个房间里，给他们拿去一大堆纸和羽毛笔，告诉他们该写什么。

"赞美国王，这是不用说的。"斯皮沃说，他穿着首席顾问的长袍，在那些士兵面前快步地踱来踱去，"告诉他，他是我们国家历史上最英明的统治者。同时也赞美我，说如果没有斯皮沃爵爷，谁也不知道丰饶角会变成什么样子。还说如果没有伊卡狍格防御大队，伊卡狍格害死的人肯定要多得多；还说丰饶角比任何时候都更富裕。"

于是弗雷德开始收到信，信里说他是一位出类拔萃的国王，国家从未这么富足过，对抗伊卡狍格的战争进行得非常顺利。

"啊，看来一切都再好不过了！"弗雷德国王跟两位爵爷共进午餐时，手里挥着这样一封信，喜滋滋地说。自从收到这些伪造的信之后，他的情绪比以前快乐多了。现在天寒地冻，出去狩猎有危险，弗雷德穿着一件新做的非常气派的暗橙色丝绸长袍，配着黄宝石的纽扣，觉得自己今天特别地帅气，这更增加了他的喜悦。房间里燃烧着熊熊的炉火，桌上像平常一样高高地堆着昂贵的美食，他看着窗外纷纷飘落的大雪，感觉别提多惬意了。

"我真没想到杀死了这么多伊卡狍格，斯皮沃！实际上 —— 仔细想来 —— 我还以为统共只有一个伊卡狍格呢！"

"嗯，是的，陛下。"斯皮沃说着，气冲冲地白了一眼弗拉蓬，弗拉蓬正往嘴里塞一块特别美味的奶油干酪；斯皮沃要做的事情太多了，就让弗拉蓬负责检查所有那些要送给国王的假信，"我们不想让您受惊，其实一段时间以前我们就发现那怪物，嗯 ——"

他轻轻咳嗽一声。

房间里燃烧着熊熊的炉火，桌上像平常一样高高地堆着昂贵的美食，他看着窗外纷纷飘落的大雪，感觉别提多惬意了。

谷昕育　9岁

"—— 繁殖了。"

"我明白了。"弗雷德说，"是啊，你们以这么快的速度消灭了它们，真是个天大的喜讯啊。知道吗，我们应该做一个标本，然后办个展览让大家都来参观！"

"嗯 …… 是的，陛下，这真是个绝妙的主意。"斯皮沃从紧咬的牙缝里说。

"不过，有一件事我不明白。"弗雷德说，对着那封信又皱起了眉头，"弗劳迪山教授不是说，每死去一个伊卡狍格，都会有两个新的出现吗？ 你们这样杀死它们，不是实际上在让它们的数量翻倍吗？"

"啊 …… 不，陛下，并不是这样。"斯皮沃说，他狡猾的脑瓜此刻转得飞快，"其实，我们找到了阻止这种事发生的办法，就是 —— 嗯 —— 就是 ——"

"先砸它们的头。"弗拉蓬替他说道。

"先砸它们的头。"斯皮沃点点头，跟着说了一遍，"就是这样。只要能悄悄靠近过去，先把它们打晕再杀死它们，陛下，这似乎就能 …… 阻止它们翻倍。"

"可是你为什么没有把这个惊人的发现告诉我呢，斯皮沃？"弗雷德喊道，"这改变了一切 —— 我们很快就能把丰饶角的伊卡狍格彻底消灭了！"

"是的，陛下，这确实是个好消息，不是吗？"斯皮沃说，他真想在弗拉蓬笑嘻嘻的脸上狠揍一拳，"可是，还剩下几个伊卡狍格 ……"

"反正，终于胜利在望了！"弗雷德高兴地说，把信放在一边，又拿起了他的刀叉，"真是遗憾啊，可怜的罗奇少校就在我们开始扭转局面、打败怪物之前，被一个伊卡狍格害死了！"

"确实非常遗憾，陛下。"斯皮沃赞同道。当然啦，关于罗奇少校的突然消失，他对国王的解释是：罗奇少校为了阻止伊卡狍格逃窜到南方来，在沼泽乡献出了自己的宝贵生命。

"是的，有一件事我一直感到纳闷，现在就完全明白了。"弗雷德说，"仆人们一刻不停地唱国歌，你们听见了吗？这倒是很令人振奋，可是听多了就有点单调。现在我知道了 —— 他们是在庆祝我们打败了伊卡狍格啊，是不是？"

"肯定是的，陛下。"斯皮沃说。

实际上，歌声不是来自仆人，而是来自地牢里的那些犯人，但是弗雷德并不知道王宫下面的地牢里囚禁着五十来个人。

"我们应该举办一场庆功舞会！"弗雷德说，"宫里已经很长时间没有举办舞会。我好像几辈子都没跟艾斯兰达小姐跳舞了。"

"修女是不跳舞的。"斯皮沃气冲冲地说，他猛地站了起来。"弗拉蓬，我有话对你说。"

两位爵爷朝门口走去，刚走到一半，国王喝道：

"慢着。"

两人都转过身。弗雷德国王突然一脸的不高兴。

"你们俩都没有征得同意就离开了本王的餐桌。"

两位爵爷交换了一下眼色，然后斯皮沃鞠了一躬，弗拉蓬

 伊卡狍格

也跟着鞠躬。

"我请求陛下的原谅。"斯皮沃说，"事出有因，如果我们想听从您英明的建议，把一具伊卡狍格的尸体做成标本，就必须立刻行动。不然它可能会，嗯，会腐烂的。"

"不管怎样，"弗雷德说，用手指摆弄着脖子上挂的金质勋章，那上面刻着国王勇斗巨龙形状的伊卡狍格，"我还是堂堂的国王，斯皮沃，你们的国王。"

"那是当然，陛下。"斯皮沃说着，又深深地鞠了一躬，"我一生只为您效劳。"

"嗯。"弗雷德说，"好吧，你不应该忘记这点，快去做那个伊卡狍格标本吧。我希望把它展览出来给大家看。然后我们再商量庆功舞会的事。"

第56章

地牢里的密谋

斯皮沃和弗拉蓬刚走到国王听不到的地方，斯皮沃就冲弗拉蓬发起了脾气。

"你应该把那些信都检查一遍再给国王的！我上哪儿去找一个伊卡狍格尸体来做标本？"

"缝一个呗。"弗拉蓬耸了耸肩，说道。

"缝一个？缝一个？！"

"是啊，不然你还能怎么办？"弗拉蓬说着，咬了一大口他从国王餐桌上偷来的"公爵的喜悦"。

"我还能怎么办？"斯皮沃怒气冲冲地说，"你认为这都是该我操心的事？"

"伊卡狍格是你编出来的。"弗拉蓬一边嚼蛋糕，一边含混不清地说。斯皮沃总是冲他嚷嚷，把他支使得团团转，他早就腻烦透了。

"是你开枪打死了比米希！"斯皮沃咆哮道，"要不是我让那怪物做了替罪羊，你现在会是什么下场？"

不等弗拉蓬回答，斯皮沃就转过身，朝下面的地牢走去。他至少可以让那些犯人别再这么闹哄哄地唱国歌了，那样国王或许会以为对伊卡狍格的战斗又变得严峻起来了。

"闭嘴——闭嘴！"斯皮沃走进地牢时吼道。地牢里的声音吵得震耳，有歌声，有笑声。男仆坎科比在牢房之间跑来跑去，把各种厨房用具递给不同的犯人，暖融融的空气里弥漫着比米希太太刚出炉的"少女的梦想"的诱人香味。犯人们一个个看上去营养充足，比斯皮沃上次下来时气色好多了。斯皮沃不喜欢这样，打心底里不喜欢。他尤其不喜欢古德菲上尉似乎又变得跟以前一样健康强壮了。斯皮沃希望他的对手都很虚弱和绝望。就连多夫泰先生也好像把他那长长的白胡子修剪了一番。

"对于递出去的这些锅碗瓢盆和刀子什么的，"他问气喘吁吁的坎科比，"你心里都有数吧？"

"当—当然，大人。"男仆上气不接下气地说，他不愿意承认自己已经被比米希太太数不清的吩咐弄昏了头，根本不记得哪个犯人拿到了什么工具。为了跟上比米希太太做糕点的要求，数不清的汤匙、搅拌器、长柄勺、平底锅、烤盘隔着铁栅被递进了牢房；有一两次，坎科比还不小心把多夫泰先生的一把凿子递给了另一个犯人。他记得每天夜里把东西都收了回来，可是这怎么拿得准呢？有时候坎科比担心，在夜里蜡烛吹灭之后，犯人们如果想要策划什么阴谋，地牢里那个贪杯的典狱长恐怕根本听不见他们的窃窃私语。不过，男仆坎科比看得出来，斯皮沃眼下没有心情找他的麻烦，他也就没有多嘴。

"不许再唱歌了！"斯皮沃喊道，他的声音在地牢里回荡，"国王头疼！"

实际上，是斯皮沃自己的头隐隐作痛。他刚转过身，就把那些犯人忘到了脑后，又开始发愁怎么制作一个让人相信的伊卡狛格标本。也许弗拉蓬想到办法了？是不是可以弄一个公牛的骨架子，然后把一个女裁缝绑架过来，让她在骨架上缝一个龙的外壳，再用锯末把它填满？

用谎言掩盖谎言，没完没了。一旦开始撒谎，就不得不继续撒谎；就像是一条漏船上的船长，总是在堵船帮上的窟窿，不让船沉下去。斯皮沃只顾着琢磨骨架和锯末，没有想到就在他的身后，正在酝酿着他到目前为止遭遇的最大一场麻烦。地牢里的犯人全在谋反，每人手里都有刀子和凿子，藏在毯子下面和墙上松动的砖头后面。

第57章

黛西的计划

在北方的沼泽乡，大地仍然覆盖着厚厚的积雪。伊卡狍格提着篮子出去时，不再把巨石推过来挡住洞口了。现在，黛西、伯特、玛莎和罗德里克都帮伊卡狍格捡拾它爱吃的沼泽地小蘑菇，每次出去的时候，他们还从被遗弃的马车上抠出一些冰冻的食物，拿回山洞里给自己吃。

日子一天天过去，四个人越来越健康和壮实了。伊卡狍格也一天比一天胖，这是因为它诞养的时间越来越近。伊卡狍格说过，它打算在诞养时吃掉这四个人类，所以，伯特、玛莎和罗德里克看到伊卡狍格越来越大的肚子，心情十分郁闷。特别是伯特，他认为伊卡狍格肯定想置他们于死地。他现在知道自己弄错了，他爸爸不是死于一场意外。伊卡狍格真的存在，显然就是伊卡狍格害死了比米希少校。

在采蘑菇的路上，伊卡狍格和黛西经常跟其他人拉开一点距离，悄悄地窃窃私语。

"你们说，他们在聊些什么呢？"玛莎低声问两个男孩，他们正在沼泽里寻找伊卡狍格特别爱吃的那种小白蘑菇。

"我认为黛西想跟它交朋友。"伯特说。

"什么，然后它就只吃我们，不吃她？"罗德里克说。

"这是说的什么话！"玛莎厉声地说，"黛西在孤儿院的时候总是照顾大家，有时她还代别人受罚呢。"

罗德里克吃惊极了。他爸爸曾经告诉他，不管碰到谁都要把对方往坏处想，如果想出人头地，就必须做人群里身体最壮、力气最大、心眼最坏的那个。他从小受着这样的教育，要改变习惯是很难的，但现在爸爸死了，妈妈和几个弟弟无疑是被关在牢里，罗德里克不希望这三个新朋友对自己产生反感。

"对不起。"他低声说，玛莎对他笑了。

其实，伯特的判断是对的。黛西确实在跟伊卡狍格交朋友，但她的计划不是只救出自己，甚至也不是救出三个朋友。她是想拯救整个丰饶角。

在这个不同寻常的上午，黛西和怪物走在其他人的前面，她注意到几棵雪花莲已经冲破一片正在融化的冰雪，绽开了花瓣。春天来了，也就是说士兵们很快就会回到沼泽地的边缘。黛西感到胃里很不舒服，有一种晕船的感觉，因为她知道自己的这个计划绝不能有闪失。黛西说：

"伊卡狍格，你知道你每天夜里唱的那首歌吗？"

伊卡狍格正掀起一根原木，看下面有没有藏着蘑菇，它说：

"如果不知道，我就不可能唱它，是不是？"

它呼哧哧地笑了一声。

"那么你知道你歌里唱道，你希望你的孩子善良、智慧和勇敢吗？"

"是的。"伊卡狛格回答，然后捡起一个银灰色的小蘑菇，拿给黛西看，"这是个好蘑菇。沼泽地上的银蘑菇不多见。"

"真漂亮。"黛西说，伊卡狛格把蘑菇丢进了它的篮子里，"还有，在那首歌的最后一段副歌里，你说你希望你的孩子杀死人类。"黛西说。

"是的。"伊卡狛格还是这样回答，它伸手摘下一棵枯树上一小片发黄的菌菇，拿给黛西看，"这个有毒。这种的绝对不能吃。"

"好的。"黛西说，然后深深吸了口气，说道，"可是，你真的认为一个善良、智慧、勇敢的伊卡狛格会吃人吗？"

伊卡狛格正弯腰去采另一个银蘑菇，它停下动作，低头看着黛西。

"我不愿意吃你，"它说，"但我不得不那么做，不然我的孩子就会死。"

"你说它们需要希望。"黛西说，"当诞养的时刻来临时，万一它们看见自己的妈妈——或者爸爸——对不起，我不太清楚——"

"我是它们的伊卡尔。"伊卡狛格说，"它们是我的伊卡宝宝。"

"好的，如果你的——你的伊卡宝宝看到它们的伊卡尔周围都是爱它的人，那些人希望它快乐，希望它跟他们像朋友一样共同生活，那不是很美好吗？ 那不是比任何别的事情都能让它们充满希望吗？”

伊卡狛格坐在一根倒伏的树干上，很长时间没有说一句话。伯特、玛莎和罗德里克站在远处注视着。他们看出，黛西和伊卡狛格之间正在发生一件很重要的事情，他们感到非常好奇，但是不敢靠近。

最后，伊卡狛格说道：

“也许……也许我还是不吃掉你们为好，黛西。”

这是伊卡狛格第一次叫黛西的名字。黛西伸出一只手，放在伊卡狛格的手里，她们微笑着对视了一会儿。然后伊卡狛格说：

“我诞养的时刻到来时，你和你的几个朋友必须围在我身边，我的伊卡宝宝在诞养时就会知道你们也是它们的朋友。然后，你们必须跟我的伊卡宝宝一起留在这片沼泽地上，永远留在这里。”

“可是……这样做的问题是，”黛西仍然握着伊卡狛格的手，小心翼翼地说，“马车上的食物很快就会吃完。而且，这里的蘑菇恐怕也养不活我们四个和你的伊卡宝宝。”

黛西觉得，谈论伊卡狛格离世之后的事情有点别扭，但伊卡狛格似乎并不在意。

“那怎么办呢？”它问黛西，大眼睛里满是忧虑。

“伊卡狛格，”黛西斟字酌句地说，“丰饶角到处都在死人。他们有的被饿死，有的甚至是被杀害的，这都是因为有几个坏人让大家相信你想杀死人类。"

"在认识你们四个之前，我确实想杀死人类。"伊卡狍格说。

"但是现在你变了。"黛西说，她站起来，面对伊卡狍格，握住它的两只手，"现在你明白了人类 —— 至少是大多数人类 —— 并不是凶残和邪恶的。他们大都很痛苦，很疲惫，伊卡狍格。如果他们知道你 —— 知道你是多么善良、多么温和，知道你只吃蘑菇，他们就会明白害怕你是很愚蠢的。我相信他们会愿意让你和你的伊卡宝宝离开沼泽地，回到你们祖先曾经生活过的草地上，那里有更大、更好的蘑菇，你的后代可以像朋友一样跟我们生活在一起。"

"你希望我离开沼泽地？"伊卡狍格说，"走进拿着长矛大枪的人类中间？"

"伊卡狍格，请听我说。"黛西恳求道，"如果你的伊卡宝宝在诞养时周围有好几百个人类，他们都渴望着爱它们、保护它们，那肯定会让它们心里充满很多很多的希望，比古往今来的任何一个伊卡宝宝都多，是不是？ 另一方面，如果我们四个留在沼泽地里被饿死，还会有什么希望留给你的伊卡宝宝呢？"

那怪物望着黛西，伯特、玛莎和罗德里克在一旁看着，不明白到底是怎么回事。最后，伊卡狍格的眼睛里涌出一颗巨大的泪珠，如同一个玻璃做的苹果。

"我不敢到人类中间去。我担心他们会杀死我和我的伊卡宝宝。"

"不会的。"黛西说着，松开伊卡狍格的手，把双手放在伊

那怪物望着黛西，伯特、玛莎和罗德里克在一旁看着，
不明白到底是怎么回事。最后，伊卡狛格的眼睛里涌出
一颗巨大的泪珠，如同一个玻璃做的苹果。

刘瀚一　11岁

卡狍格毛茸茸的大脸两侧，十个手指都埋在伊卡狍格那沼泽地野草一般的长毛里，"我向你发誓，伊卡狍格，我们会保护你的。你的诞养会是历史上最重要的一次诞养。我们要让伊卡狍格重生……也让丰饶角重生。"

第58章

海蒂·霍普金斯

黛西把她的计划告诉其他人时，伯特一开始不肯参加。

"保护那个怪物？我才不呢。"他激动地说，"我发誓要杀死它的，黛西。伊卡狛格害死了我爸爸！"

"伯特，它没有。"黛西说，"它没有害死任何人。拜托你听听它怎么说吧！"

那天晚上在山洞里，以前一直不敢靠近伊卡狛格的伯特、玛莎和罗德里克第一次凑到了它的身边，它向四个人类讲述了许多年前的那个夜晚，它在雾中与一个人面对面相遇的情景。

"……脸上有黄头发。"伊卡狛格说，指着自己的上嘴唇。

"胡子？"黛西提醒它。

"有一把亮闪闪的剑。"

"镶宝石的。"黛西说，"那一定是国王。"

"你还碰到了谁？"伯特问。

"没有人了。"伊卡狛格说，"我逃走了，藏在一块石头后面。人类杀死了我所有的祖先。我感到害怕。"

"那么，我爸爸是怎么死的？"伯特问道。

"你的伊卡尔就是那个被大枪射死的人？"伊卡狍格问。

"射死？"伯特喃喃地说，脸色变白了，"你是怎么知道的，你不是逃跑了吗？"

"我从石头后面探头张望时看见的。"伊卡狍格说，"伊卡狍格在雾中也能看得很清楚。我吓坏了。我想看看那些人在沼泽地里做什么。有个人被另一个人开枪打死了。"

"弗拉蓬！"罗德里克终于脱口说道，在这之前，他一直不敢告诉伯特，此刻再也按捺不住了，"伯特，我有一次听见我爸爸告诉我妈妈，说他被提拔多亏了弗拉蓬爵爷和他的喇叭枪。那时候我太小了……没有听懂他的意思……对不起我一直没有告诉你，我……我不知道你会说什么。"

伯特几分钟没有说话。他想起了在蓝色会客厅的那个可怕的夜晚，当时他找到爸爸那只冰冷的、没有生命的手，把它从丰饶角国旗下面抽出来，让妈妈亲吻。他记得斯皮沃说不许他们看他爸爸的尸体，还记得弗拉蓬爵爷说他一直多么欣赏比米希少校，边说边把馅饼屑喷在自己和妈妈身上。伯特把手按在胸口，爸爸的那枚勋章就贴在他胸口的皮肤上，他转向黛西，压低声音说道：

"好的。我跟你一起干。"

于是，四个人和伊卡狍格迅速行动起来，开始执行黛西的计划，因为雪化得很快，他们担心士兵们不久就会回到沼泽乡来了。

首先，他们拿来那些空的大木头盘子——里面本来盛着的奶酪、馅饼和糕点已经被他们吃光了——黛西在盘子里刻上文字。接着，伊卡狍格帮两个男孩把马车从泥潭里拖出来，玛莎尽力采来了许多蘑菇，保证伊卡狍格在南行的一路上都能吃饱肚子。

第三天的黎明时分，他们出发了。所有的事情都安排得非常周到。伊卡狍格拉马车，马车上堆着最后一批冷冻食物和几篮子蘑菇。伯特和罗德里克走在伊卡狍格前面，每人手里都举着一个标语。伯特的标语是：伊卡狍格不伤人。罗德里克的标语是：斯皮沃骗了你们。黛西骑在伊卡狍格的肩膀上。她举的标语是：伊卡狍格只吃蘑菇。玛莎坐在马车上，身边是食物和一大堆雪花莲，雪花莲也是黛西计划的一部分。玛莎举的标语是：支持伊卡狍格！打倒斯皮沃！

他们走了许多英里，没有碰到一个人；接近中午的时候，才遇见两个衣衫褴褛的人，牵着一只孤零零的瘦羊。这两个疲惫而饥饿的人不是别人，正是把孩子交给了甘特大娘的女仆海蒂·霍普金斯和她的丈夫。他们在乡间走来走去地找工作，可是谁也没有工作给他们干。他们在路上发现了这只快要饿死的羊，就带着它一起走，可是它的羊毛稀稀拉拉、疙里疙瘩，根本不值什么钱。

霍普金斯先生看见了伊卡狍格，惊讶得扑通跪倒在地。海蒂只是站在原地，嘴巴张得老大。这支奇怪的队伍走近时，夫妻俩看清了那些标语，都以为自己肯定是疯了。

　　黛西预料到人们会是这种反应，她低头对他们喊道：

　　"你们不是在做梦！ 这是伊卡狛格，它很善良，爱好和平！它从没有害死过任何人！ 实际上，是它救了我们的命！"

　　伊卡狛格非常小心地弯下腰，以防黛西坐不稳摔下来，它拍了拍那只瘦羊的脑袋。羊没有逃开，咩咩地叫了两声，似乎一点也不害怕，然后就转身去吃枯瘦的野草了。

　　"看见了吗？"黛西说，"你们的羊知道它没有危险！ 跟我们一起走吧 —— 你们可以坐在我们的马车上！"

　　霍普金斯夫妇早已又累又饿，虽然心里仍然很害怕伊卡狛格，但还是爬上来坐在了玛莎身边，并把他们的羊也抱了上来。就这样，伊卡狛格、六个人类和那只羊一起出发，慢慢地朝酒香城前进。

第59章

回到酒香城

夜幕降临时，视线中出现了酒香城深灰色的轮廓。伊卡狍格一行在一座俯瞰城市的小山上停留了一会儿。玛莎递给伊卡狍格一大捧雪花莲。然后，四个朋友看清楚手里的标语没有拿颠倒，互相握了握手；他们已经彼此发誓，也对伊卡狍格发誓，一定要好好保护它，即使人们拿枪威胁，他们也决不退缩到一边。

伊卡狍格往山下那座酿酒的城市走去，城门口的警卫看见它过来，举起枪要射击，但是黛西站在伊卡狍格的肩膀上，挥动着双臂，伯特和罗德里克把他们的标语举得高高的。警卫手里的枪在发抖，他们惊恐地注视着那怪物一步步走近。

"伊卡狍格没有害死过任何人！"黛西喊道。

"你们受骗了！"伯特喊道。

警卫们不知道该怎么办，他们不想朝四个年轻人开枪。伊卡狍格拖着脚越走越近，它的块头和奇怪的样子都让人感到害怕。可是它那双大眼睛里有一种亲切的神情，而且它手里捏着雪花莲。最后，伊卡狛格走到警卫们面前，停下脚步，弯下腰，递给他们每人一朵雪花莲。

警卫们接过了鲜花，他们不敢不接。伊卡狛格轻轻拍了拍他们每个人的脑袋，就像它先前拍那只羊的脑袋一样，然后就走进了酒香城。

四面八方都响起了惊叫声。看到伊卡狛格过来，人们四散逃开，或者跑去找武器，但是伯特和罗德里克高举着标语，毅然决然地走在它的前面，伊卡狛格继续把雪花莲递给路上的人，最后，终于有一个年轻女人勇敢地接过了一朵。伊卡狛格高兴极了，用低沉浑厚的声音向她表示感谢，吓得更多的人发出尖叫，另一些人却小心地朝伊卡狛格靠近。不一会儿，那怪物周围就聚集了一小群人，他们从它手里接过雪花莲，放声大笑。伊卡狛格脸上也露出了笑容。它从来没想到能得到人类的欢呼和感谢。

"我跟你说过，他们只要了解你就会爱上你的！"黛西对着伊卡狛格的耳朵小声说。

"跟我们一起走吧！"伯特大声对人群喊道，"我们一路往南，去见国王！"

听了这话，那些在斯皮沃统治下受苦受难的丰饶角老百姓都纷纷跑回家里去拿来了火把、干草叉和枪，不是为了伤害伊卡狛格，而是为了保护它。他们受了那么多欺骗，此刻都火冒三丈，聚拢在那怪物周围，在越来越浓的夜色中浩浩荡荡地出发了，路上只绕道耽搁了一小会儿。

这是因为黛西坚持要去一趟孤儿院。不用说，孤儿院的门关得死死的，上着一道又一道锁和门闩，但是伊卡狍格一脚就把它踹开了。伊卡狍格轻轻地扶着黛西下地，黛西跑进去把所有的孩子都接了出来。年龄小的孩子爬到了马车上，霍普金斯家的双胞胎扑进了爸爸妈妈怀里，年龄大的孩子加入了人群。甘特大娘气坏了，失声尖叫着，想把孩子们叫回去。突然，她看见伊卡狍格那张毛茸茸的大脸正隔着一扇窗户狠狠地瞪着她，说来真是大快人心，她立刻就倒在地上昏了过去。

满心欢喜的伊卡狍格继续走在酒香城的大街上，它身边的队伍越来越壮大。谁也没有注意到打手约翰正从一个墙角注视着人群经过。打手约翰刚才在当地的一家酒馆里喝酒，他没有忘记那天夜晚两个男孩偷他钥匙时，罗德里克·罗奇把他揍得鼻子出血。他立刻意识到，如果这些闹事者把这个大块头的沼泽地怪物带到国都，那么所有从伊卡狍格传说中大发横财的人就都要倒霉了。想到这里，打手约翰没有返回孤儿院，他来到酒馆外面，偷走了另一个饮酒者的马。

伊卡狍格走得很慢，打手约翰却骑着快马一路往南，他要去告诉斯皮沃爵爷，危险正在逼近甘蓝城。

满心欢喜的伊卡狍格继续走在酒香城的大街上，
它身边的队伍越来越壮大。

于颖涵　12岁

第 60 章

暴　动

　　有时候 —— 我也不明白其中的奥妙 —— 一些相隔很远的人似乎能意识到行动的时刻到了。也许思想会像风中的花粉一样传播吧。总之，在王宫的地牢里，那些犯人终于做好了准备，他们早就把刀子、凿子、沉甸甸的平底锅和擀面杖藏在了床垫下和牢房的墙砖缝里。在伊卡狍格走近美酪城那天的黎明时分，古德菲上尉和多夫泰先生 —— 他们俩的牢房门对门 —— 坐在自己的床沿上，脸色苍白，头脑清醒而警觉，因为今天就是他们发誓要么逃跑、要么死去的日子。

　　在这些犯人的几层楼之上，斯皮沃爵爷也早早就醒来了。他完全不知道自己脚下正在酝酿着一场监狱暴动，也不知道就在此时此刻，一个真实存在、有血有肉的伊卡狍格正朝甘蓝城走来，身边围着无数的丰饶角民众，而且队伍还在不断地壮大。斯皮沃洗了脸，换上他的首席顾问长袍，出门走向房子侧翼一间上了锁的马厩，那里最近一星期都有警卫站岗。

　　"让开。"斯皮沃对站岗的士兵说，然后打开了门闩。

伊卡狍格

　　马厩里有一具怪物模型，一群十分疲倦的男女裁缝在旁边等候着。模型有一头公牛那么大，表面是皮革，布满了尖刺。木刻的脚上有吓人的爪子，嘴里长满了獠牙，一双凶恶的眼睛在脸上闪着琥珀色的光。

　　裁缝们忐忑不安地注视着斯皮沃，他围绕着他们做的这个东西慢慢踱步。走近细看，就能看出那些针脚，能看出眼睛是玻璃做的，尖刺实际上是敲进皮革里的钉子，爪子和獠牙都是上了颜色的木头。如果捅一捅这怪物，接缝处会有锯末屑流出来。不过，在马厩昏暗的光线下，这东西倒是能以假乱真，裁缝们看到斯皮沃脸上露出了笑容，不由得松了口气。

　　"应该可以，至少在烛光下没问题。"他说，"我只需要让亲爱的国王站远一点看。我们可以说这些尖刺和獠牙仍然有毒。"

　　工人们如释重负地交换了一下目光。他们没日没夜地干了一个星期，现在终于可以回到家人身边了。

　　"士兵们，"斯皮沃说，转向等在院子里的那些警卫，"把这些人带走。如果你敢叫，"那个最年轻的女裁缝刚张嘴要喊，他便懒洋洋地加了一句，"就一枪毙了你。"

　　做伊卡狍格标本的裁缝们被士兵拖走了。斯皮沃吹着口哨，上楼来到国王的套房，发现弗雷德穿着丝绸睡衣，胡子上罩着发网，弗拉蓬正把餐巾塞到他的好几层下巴底下。

　　"早上好，陛下！"斯皮沃鞠了一躬，说道，"您一定睡得很好吧？今天我要给陛下一个惊喜。我们完成了一个伊卡狍格的标本。我知道陛下很想一睹为快。"

"太棒了，斯皮沃！"国王说，"然后，我们就可以在全国巡回展览了，是不是？ 让人们看看我们在对付的是什么家伙！"

"我建议您别这么做，陛下。"斯皮沃说，他担心如果有人在白天看见伊卡狍格标本，肯定会发现是个冒牌货，"最好不要让老百姓产生恐慌。陛下勇气过人，有胆量面对 ——"

斯皮沃话没说完，国王私人套房的门突然被打开了，打手约翰眼神迷乱、大汗淋漓地闯了进来，他在路上遭遇了不止一伙，而是两伙强盗。他还在一片树林里迷了路，在跳过一道沟时从马上摔了下来，后来就再没能追上那匹马。所以，打手约翰赶到王宫的时间并没有比伊卡狍格早多少。他惊慌失措，从一个洗碗间的窗户闯进了王宫，两个警卫在王宫里到处追他，都想用他们的剑刺他一个透心凉。

弗雷德失声尖叫，躲在了弗拉蓬的身后。斯皮沃抽出他的短刀，一跃而起。

"有一个 —— 一个 —— 伊卡狍格，"打手约翰扑通一声跪倒，气喘吁吁地说，"一个真的 —— 活的 —— 伊卡狍格，正往这儿来 —— 带着成千上万的人 —— 伊卡狍格 —— 是真的。"

当然啦，斯皮沃根本不相信这套鬼话。

"把他押到地牢里去！"他对警卫吼道，警卫把拼命挣扎的打手约翰拖出房间，关上了房门。"非常抱歉，陛下。"斯皮沃说，手里仍握着他的短刀，"必须让这人吃一顿马鞭，还有那些让他闯进王宫的警卫 ——"

可是没等斯皮沃把话说完，又有两个人冲进了国王的私人套房。他们是斯皮沃安插在甘蓝城的密探，从北边得知了伊卡狍格正在逼近的消息，国王以前从没见过他们，吓得又发出了一声尖叫。

"大——大人，"第一个密探上气不接下气地说，"有一个——一个——伊卡狍格，往——这边——来了！"

"它身边——还有——一大群人。"第二个密探喘着粗气说，"它是真的！"

"伊卡狍格当然是真的！"斯皮沃说，当着国王的面，他也只能这么说，"快通知伊卡狍格防御大队！我很快就到院子里去跟他们会合，必须消灭那个怪物！"

斯皮沃把两个密探引到门口，又把他们推回了走廊里，一边拼命盖住他们的低语声："大人，它是真的，人们还挺喜欢它！"以及"我亲眼看见的呀，大人，看得真真的！"

"我们要杀死这个怪物，就像我们杀死所有其他怪物一样！"斯皮沃大声说给国王听，接着压低声音吼了一句："滚！"

斯皮沃关上房门，把密探关在门外，然后回到桌旁，心烦意乱，但尽量不表现出来。弗拉蓬还在贪婪地吃着男爵城的火腿。他隐隐约约地认为，这些人冲进来嚷嚷着什么活的伊卡狍格，肯定都是斯皮沃指使的，所以他一点也没感到害怕。但弗雷德就不同了，他从头到脚都在哆嗦。

"想象一下吧，斯皮沃，那怪物竟然大白天就露面了！"他呜呜咽咽地说，"我还以为它只在夜里出来呢！"

"是啊，它变得太猖狂了，是不是，陛下？"斯皮沃说。他不知道这个所谓的真伊卡狍格会是什么。他唯一能想象到的，就是某个老百姓弄出了一个假怪物，可能是为了偷食物，也可能是想逼邻居交出他们的金子——但是不用说，这也是必须阻止的。天底下只能有一个真正的伊卡狍格，就是斯皮沃发明的那个。"快，弗拉蓬，我们必须阻止这怪物进入甘蓝城！"

"你太勇敢了，斯皮沃。"弗雷德国王用哽咽的声音说。

"不值一提，陛下。"斯皮沃说，"我愿意为丰饶角献出自己的生命。这您应该是知道的！"

斯皮沃刚把手放在门把手上，外面又传来奔跑的脚步声，这次还伴随着喊叫声和金属碰撞声，彻底打破了平静。斯皮沃大吃一惊，赶紧把门打开，看是怎么回事。

一群衣衫褴褛的犯人朝他跑来。跑在最前面的，是满头白发、举着斧子的多夫泰先生，还有身材魁梧的古德菲上尉，他手里拿着一把显然是从王宫警卫那里夺来的枪。他们后面跟着比米希太太，她挥舞着一个巨大的平底锅，头发在身后飘飞着。紧随其后的是米莉森特，艾斯兰达小姐的那个女仆，她手里举着一根擀面杖。

说时迟那时快，斯皮沃立刻把门一关，插上了门闩。几秒钟后，多夫泰先生就用斧子把门劈穿了。

"弗拉蓬，快来！"斯皮沃喊道。两位爵爷跑向房间那头的另一扇门，门后面有一道楼梯通向下面的庭院。

弗雷德一直不知道王宫的地牢里关着五十个犯人，此刻完全被弄糊涂了，反应十分迟钝。透过多夫泰先生在门上砍出的

他们后面跟着比米希太太，她挥舞着
一个巨大的平底锅，头发在身后飘飞着。

徐铭泽　11岁

那个洞，他看见了犯人们愤怒的脸，吓得赶紧跳起来，去追赶两位爵爷，可是他们只关心自己的皮肉，已经把门从另一边闩上了。弗雷德国王穿着睡衣，背靠着墙站在那里，眼睁睁地看着越狱的犯人们连劈带砍，闯进了他的房间。

第61章

弗拉蓬又开枪了

　　两位爵爷冲出来，进入王宫庭院，发现伊卡狛格防御大队已经像斯皮沃吩咐的那样骑上了马，全副武装。不过，普罗德少校（就是多年前绑架黛西的那个人，他在罗奇少校被斯皮沃击毙后升为了少校）一副忧心忡忡的样子。

　　"大人，"他对匆匆翻身上马的斯皮沃说，"王宫里出事了——我们听见一阵骚乱——"

　　"现在别管那个了！"斯皮沃吼道。

　　哗啦，玻璃碎裂的声音传来，士兵们都抬头看去。

　　"有人闯进了国王的寝室！"普罗德大喊，"我们不应该去帮助他吗？"

　　"忘掉国王吧！"斯皮沃嚷道。

　　这时，古德菲上尉出现在了国王寝室的窗口。他低头看着下面，大声喊道：

　　"你逃不了的，斯皮沃！"

　　"哦，是吗？"斯皮沃爵爷恶狠狠地说，然后踢了踢他那匹黄色的瘦马，让它跑起来，消失在了王宫大门的外面。普罗德少校非常害怕斯皮沃，不敢不跟上，他和伊卡狛格防御大队的其他士兵都追着斯皮沃爵爷而去；跑在最后的是弗拉蓬，他没能在斯皮沃出发前骑到马背上，这会儿死死地抓住马鬃，两只脚拼命寻找马镫子。

王宫被越狱的犯人占领，外面还有一个冒牌的伊卡狛格招摇过市，吸引了大批人群 —— 面对这样的情况，有些人可能会以为大势已去，但斯皮沃爵爷没有。他手下仍然有一支全副武装的骑兵队，个个都是精兵强将，他的乡村庄园里藏着大量的金子，他那狡猾的脑子里已经在构想一个计划。首先，他要枪毙那些伪造伊卡狛格的人，把老百姓吓得重又服服帖帖。然后，他要派普罗德少校和他的士兵返回王宫，杀死所有越狱的犯人。当然啦，那时候越狱犯可能已经把国王给干掉了，但是事实上，没有了弗雷德，他统治起国家来会更容易。斯皮沃骑着马往前跑，一边怨恨地想，他要不是必须花那么多心思去隐瞒和欺骗国王，也许就不会犯下某些错误，比如让那个该死的糕点师弄到刀子和平底锅。他还后悔没有雇用更多的密探，那样就能发现有人在制作一个假的伊卡狛格 —— 听起来，这个冒牌货比他早晨在马厩看到的那个更能以假乱真呢。

伊卡狛格防御大队冲过甘蓝城的鹅卵石街道 —— 奇怪的是街面上几乎空无一人 —— 来到通向美酪城的开阔大路上。斯皮沃这才明白为什么甘蓝城的街上那么空旷，顿时火冒三丈。原来甘蓝城的市民们听到传言，知道一个真的伊卡狛格正带着一大群人朝国都走来，就都匆匆跑出城去，想亲眼看看那个场面。

"让开！让开！"斯皮沃尖叫道，驱赶他面前的老百姓；看到他们并不害怕，一个个都很兴奋，他更是气不打一处来。他拼命刺马前进，最后马的身体两侧都被扎出了血，弗拉蓬爵爷跟在后面，他吃的早饭还没来得及消化，脸色已经开始发青。

终于，斯皮沃和士兵们看到了远处正在浩浩荡荡走来的人群。斯皮沃拉住他那匹倒霉的马的缰绳，马在路上跳了跳停住了。在几千个欢笑和歌唱的丰饶角百姓中间，赫然耸立着一个庞然大物，它的身体有两匹马那么高，眼睛像灯笼一样，浑身覆盖着沼泽地野草一般的绿褐色长毛。一个年轻姑娘骑在它的肩膀上，它的前面走着两个高举木牌子的年轻人。那怪物不时地弯下腰，似乎 —— 没错 —— 似乎在把鲜花发给大家。

"是骗局。"斯皮沃嘟囔道，他太惊讶、太害怕了，几乎不知道自己在说什么，"这一定是骗局！"他更大声地说，伸长了瘦瘦的脖子，想识破这个骗术，"显然是有人站在一件沼泽地野草做的大袍子里叠罗汉 —— 各位，准备射击！"

可是士兵们迟迟没有服从命令。这么长时间来，士兵们都在奉命保护国家不受伊卡狍格的侵害，却从来没有见过伊卡狍格，也知道其实不可能看到，但此刻他们无法相信眼前这一幕是个骗局。相反，他们觉得那怪物看上去非常真实。它拍拍小狗的脑袋，把鲜花发给小孩子，让那个姑娘坐在它的肩膀上：它的样子一点也不凶。士兵们还害怕那些跟伊卡狍格走在一起的大批民众，他们似乎都很喜欢它。如果伊卡狍格受到攻击，他们会怎么做呢？

这时，一位最年轻的士兵完全失去了理智。

"那不是骗局。我过去了。"

不等有人阻拦，他已经骑马奔了出去。

弗拉蓬终于找到了他的马镫子，这会儿骑到队伍前面，跟斯皮沃并排。

"我们怎么办？"弗拉蓬问，他注视着伊卡狍格和那些欢歌笑语的人群越走越近。

"我在思考，"斯皮沃没好气地吼道，"我在思考！"

然而，斯皮沃那转个不停的大脑里的齿轮似乎终于卡住了。最让他感到不安的是那些快乐的脸庞。他早已认为欢笑是一件奢侈品，就像甘蓝城的糕点和丝绸床单一样，此刻看到这些破衣烂衫的人都喜气洋洋，他比看到他们都拿着枪还要感觉害怕。

"我开枪把它打死吧。"弗拉蓬说着，举起枪瞄准伊卡狍格。

"不，"斯皮沃说，"不，我说，你看不到我们寡不敌众吗？"

不料就在这一刻，伊卡狍格发出一声惊天动地、令人胆寒的尖叫。挤在它周围的人群立刻往后退，他们的表情一下子变得十分惊恐。许多人丢掉了手里的花。有些人撒腿就跑。

伊卡狍格又发出一声可怕的惨叫，突然跪倒在地，黛西差点被震落下来，她赶忙紧紧地抓住它。

接着，伊卡狍格那硕大的、圆滚滚的肚子下面出现了一道黑色的大裂缝。

　　"你说得对，斯皮沃！"弗拉蓬吼道，举起了他的喇叭枪，"它肚子里藏着人呢！"

　　就在人群尖叫着散开时，弗拉蓬爵爷瞄准伊卡狍格的肚子，开了一枪。

就在人群尖叫着散开时，
弗拉蓬爵爷瞄准伊卡狛格的肚子，开了一枪。

车朴见　10岁

第62章

诞 养

接着，好几件事几乎同时发生，没有人能把一切都看清楚。幸好，我可以一五一十地讲给你听。

弗拉蓬爵爷的子弹飞向了伊卡狍格豁开的肚子。伯特和罗德里克都曾发誓要不顾一切保护伊卡狍格，他们扑过去挡住那颗子弹；子弹不偏不倚击中了伯特的胸口，他倒在地上，手里那个写着"伊卡狍格不伤人"的木牌子摔成了碎片。

这时，一个已经比马还高的伊卡宝宝，从它的伊卡尔的肚子里挣扎着出来了。它的诞养非常糟糕，因为它来到世界的那一刻，它的伊卡尔充满了对枪的恐惧，它第一眼看见的就是有人要杀死它，于是它直接朝正在装子弹的弗拉蓬扑了过去。

士兵们本来是可以救救弗拉蓬的，但那个新的怪物朝他们冲来时，他们都吓坏了，纷纷骑着马躲开，根本就没想到要开枪。斯皮沃是他们中间跑得最快的一个，很快就不见了人影。伊卡宝宝发出一声恐怖的咆哮 —— 那些目睹这一幕的人至今还会做噩梦，然后它就扑向了弗拉蓬。几秒钟后，弗拉蓬就倒在地上死了。

一切都发生得很快；人们大声尖叫、哭泣，黛西仍然紧紧抱住奄奄一息的伊卡狍格，它和伯特并排躺在路上。罗德里克和玛莎弯下腰查看伯特，惊讶地看到他睁开了眼睛。

"我 —— 我想我没事儿。"伯特轻声说，他把手伸到衬衫下面摸了摸，掏出他爸爸的那枚银质大勋章。弗拉蓬的子弹射进了勋章里。勋章救了伯特一命。

看到伯特还活着，黛西又把两只手埋在了伊卡狍格脸庞两边的长毛里。

"我没有看到我的伊卡宝宝。"垂死的伊卡狍格轻声说，眼睛里又涌出一颗玻璃苹果般的大泪珠。

"它很漂亮。"黛西说，也忍不住哭了起来，"看……这里……"

第二个伊卡宝宝正扭动着钻出伊卡狍格的肚子。这个伊卡宝宝面容友善，带着腼腆的微笑，因为在它诞养的时候，它的伊卡尔正望着黛西的脸，看见了黛西的眼泪，知道人类可以像爱自己的家人一样爱一个伊卡狍格。第二个伊卡宝宝不顾周围的喧闹和骚动，它挨着黛西在路上跪下，抚摸大伊卡狍格的脸。伊卡尔和伊卡宝宝互相对视着，面含笑意，然后，大伊卡狍格的眼睛轻轻闭上，黛西知道它死了。她把脸埋在它蓬乱的长毛里，伤心哭泣。

"你千万别难过。"一个熟悉的浑厚声音说，同时还有谁在抚摸她的头发，"不要哭，黛西。这就是诞养，是一件光荣的事。"

黛西眨了眨眼睛，抬头看着伊卡宝宝，它说话的声音跟它的伊卡尔一模一样。

"你知道我的名字。"黛西说。

"是啊，当然知道。"伊卡宝宝温和地说，"我诞养时就知道你的一切。现在我们必须找到我的伊卡波。"伊卡波，黛西知道，是伊卡宝宝对它兄弟姐妹的称呼。

黛西站起身，看见弗拉蓬的尸体倒在路上，还看见第一个伊卡宝宝被举着枪和干草叉的人群包围了。

"快和我一起爬上来。"黛西急切地对第二个伊卡宝宝说，他们俩手拉手爬上了马车。黛西大声地叫人们听她说话。她是那个骑在伊卡狍格肩膀上从北边过来的姑娘，近旁的人猜想她可能知道一些值得听听的事，就叫别人都安静下来。黛西总算可以说话了。

"你们千万不能伤害伊卡狍格！"人群终于安静下来后，这是黛西说出的第一句话，"如果你们对它们残忍，它们的孩子出生时就会更残忍！"

"诞养得残忍。"伊卡宝宝在身边纠正她。

"对，诞养得残忍。"黛西说，"如果它们是在善良中诞养的，就会很善良！它们只吃蘑菇，它们愿意做我们的朋友！"

人群窃窃私语，将信将疑。最后黛西向他们讲述了比米希少校在沼泽地惨死的经过，说他不是被伊卡狍格害死的，而是被弗拉蓬爵爷开枪打死的，后来斯皮沃就利用他的死，编造出了沼泽地里有一个杀人怪物的故事。

后来，人群决定要去找弗雷德国王理论，他们把伊卡狍格和弗拉蓬爵爷的死尸都搬到马车上，二十个强壮的男人拉着马车往前走。队伍浩浩荡荡地朝王宫出发了，黛西、玛莎和善良的伊卡宝宝手拉手走在前面，三十个拿枪的市民把凶恶的第一个伊卡宝宝围在中间，不然它可能会杀死更多的人，因为它已经被诞养得害怕和仇恨人类了。

经过几句简单的交头接耳，伯特和罗德里克消失了，他们去了哪儿呢？你很快就会知道的。

第63章

斯皮沃爵爷的最后计划

黛西走在游行队伍的最前面，当她走进王宫庭院时，惊讶地发现这里几乎没有什么变化。喷泉仍然在喷水，孔雀仍然在走来走去，王宫正面只有一处改变，那就是三楼的一扇窗户碎了。

高大气派的金色宫门突然打开了，人群看见两个衣衫褴褛的人走出来迎接他们：一个是举着斧子的白头发男人，一个是抓着一根硕大擀面杖的女人。

黛西盯着这个白头发男人，感到膝盖发软，善良的伊卡宝宝一把抓住她，扶她站稳。多夫泰先生跟跟跄跄地走上前，我想他甚至都没有注意到，在他失散已久的女儿身边站着一个活生生的伊卡狛格。父女俩相拥而泣，黛西越过爸爸的肩头看见了比米希太太。

"伯特还活着！"她大声地对焦急寻找儿子的糕点师说，"但他有事情要做……很快就会回来的！"

这时，更多的犯人从王宫里匆匆地跑出来，到处都是喜悦的叫声，被爱的人找到了自己心爱的人，许多孤儿院的孩子找到了他们以为早已死去的爸爸妈妈。

当时还发生了许多其他事情，比如围在凶恶的伊卡宝宝身边的那三十个壮汉，没等它再伤害别人就把它拖走了；黛西问多夫泰先生能不能让玛莎过来和他们一起生活；古德菲上尉带着哭泣的弗雷德国王出现在一个阳台上，弗雷德身上还穿着睡衣。古德菲上尉说，他认为应该尝试一下没有国王的生活了，人群爆发出一阵欢呼。

不过，现在我们必须离开这欢乐的场面，去寻找那个给丰饶角带来灾难的罪魁祸首了。

斯皮沃爵爷已经在好几英里之外，他骑着马跑在一条荒僻的乡村小路上，他的马突然瘸了腿。斯皮沃想逼着马继续往前走，但那匹可怜的马早就受够了虐待，它后腿一抬，把斯皮沃甩在了地上。斯皮沃想用鞭子抽它，那匹马踢了他一脚，自己跑进了一座树林。说来令人高兴，它后来被一位善良的农夫发现，并且在农夫的照料下恢复了健康。

斯皮沃爵爷被孤零零地抛在了乡村小路上，他撩起身上的首席顾问长袍，以免自己被它绊倒，深一脚浅一脚地朝他的乡村庄园走去，每走十几步就回头望望，生怕有人在后面追他。他心里很清楚，他在丰饶角的好日子结束了，但他的酒窖里仍然藏着大堆的金子，他打算在他的马车里尽可能地塞满金币，然后偷偷溜过边境，进入普里塔国。

斯皮沃走到他的庄园时，夜幕已经降临，他的脚疼得要命。

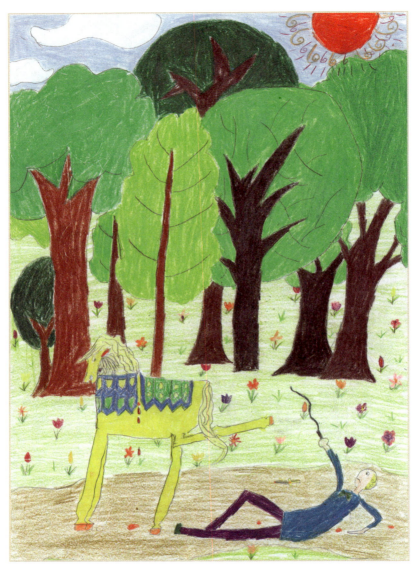

斯皮沃想逼着马继续往前走，但那匹可怜的马
早就受够了虐待，它后腿一抬，把斯皮沃甩在了地上。

罗懿柔　10岁

他一瘸一拐地走进去，大声地喊他的管家斯克伦波，那人在很久以前曾冒充过诺比·伯顿斯的妈妈和弗劳迪山教授。

"我在下面呢，大人！"地窖里一个声音喊道。

"你干吗不点灯，斯克伦波？"斯皮沃吼道，一边摸索着往楼下走。

"我想最好别让人看出家里有人，大人！"斯克伦波大声说。

"噢。"斯皮沃说，他龇牙咧嘴地瘸着脚下楼，"看来你也听说了，是不是？"

"是啊，大人。"那个发出回音的声音说，"我猜您打算把东西都搬走吧，大人？"

"没错，斯克伦波。"斯皮沃爵爷一瘸一拐地朝远处的一点烛光走去，说道，"我当然要这么做。"

他推开地窖的门，这么多年来，他把他所有的金子都藏在了这里。在烛光下，斯皮沃只能模模糊糊地辨认出管家，发现他又换上了弗劳迪山教授的那副行头：白色的假发，厚厚的眼镜，一双眼睛在镜片后缩小得几乎看不见。

"我想我们最好乔装打扮出门，大人。"斯克伦波说着，拿起伯顿斯老寡妇的黑裙子和姜黄色假发。

"好主意。"斯皮沃说着，赶紧脱掉身上的长袍，套上了黑裙子，"你感冒了吗，斯克伦波？ 你的声音有点奇怪。"

"都是这下面的灰尘闹的，大人。"管家说，又往烛光远处挪了挪，"大人打算怎么处置艾斯兰达小姐呢？ 她还被锁在藏书室里呢。"

"不用管她。"斯皮沃思索了一下说道,"她那是活该,谁叫她有机会的时候不嫁给我呢。"

"好的,大人。我把大部分金子都装在马车和两匹马上了。大人能不能搭把手,帮我抬一下最后这个箱子?"

"但愿你没有想过撇下我自己溜走,斯克伦波。"斯皮沃怀疑地说。他心里暗想,如果他晚来十分钟,没准儿就会发现斯克伦波已经开溜了。

"哦,没有,大人。"斯克伦波向他保证,"我做梦也不会想到丢下大人离开的。马夫威瑟斯给我们赶车,陛下。他已经准备好了,正在院子里等着呢。"

"太好了。"斯皮沃说,两人一起抬着最后一箱金子走上楼,穿过空无一人的庄园,来到后面的院子里,斯皮沃的马车正在黑暗中等待着,就连马背上也驮着好几袋金子。更多的金子被装在一个个箱子里,绑在马车顶上。

斯皮沃和斯克伦波把最后那个箱子搬上马车顶时,斯皮沃说:

"那奇怪的声音是怎么回事?"

"我什么也没听见,大人。"斯克伦波说。

"好像是呜里呜噜的怪声音。"斯皮沃说。

斯皮沃站在黑暗中,脑海里浮现出一段往事:许多年前,他站在沼泽地冰冷的白雾中,那条被荆棘缠住的狗在拼命挣扎,发出呜呜咽咽的声音。此刻的声音跟那个很像,似乎有个什么活物被囚禁着,拼命想挣脱出来,斯皮沃爵爷不由得像上次一样感到惶恐不安。当然啦，上次的结果是弗拉蓬用他的喇叭枪开了火，从此他们俩都踏上了富裕的道路，国家却开始一路走向毁灭。

"斯克伦波，我不喜欢这声音。"

"我知道您不会喜欢，大人。"

月亮从云团后面露出脸来，斯皮沃爵爷迅速转向他的管家——管家的声音突然变得那么陌生，斯皮沃惊骇地发现他面对着一杆枪的枪膛。斯克伦波已经摘掉了弗劳迪山教授的假发和眼镜，原来他根本不是什么管家，而是伯特·比米希。在月光的映照下，在那短短的一刹那，男孩看上去那么像他的爸爸，斯皮沃一时间精神恍惚，还以为是比米希少校死而复生，来找他报仇呢。

他绝望地东张西望，突然透过马车敞开的门看见了真正的斯克伦波。被五花大绑的管家倒在地上，嘴巴被堵住了，那奇怪的呜噜声就是他发出来的——艾斯兰达小姐笑眯眯地坐在那里，手里也拿着一杆枪。斯皮沃张嘴想问马夫威瑟斯为什么不采取行动，却发现那根本不是什么威瑟斯，而是罗德里克·罗奇。（真正的马夫一看见两个男孩骑着马从车道上跑来，就准确地感觉到大事不妙，他从斯皮沃爵爷的马厩中偷出他最喜欢的一匹马，奔驰着消失在了黑夜里。）

"你们怎么来得这么快？"斯皮沃只想到这么一句话。

"我们向一个农夫借了几匹马。"伯特说。

事实上，伯特和罗德里克的骑马技术比斯皮沃强多了，他们的马没有扭伤了腿。他们赶在斯皮沃之前来到庄园，并且有足够的时间解救艾斯兰达小姐，找到金子，捆绑管家斯克伦波，逼他一五一十地交代斯皮沃是怎么愚弄了全国人民，以及他自己是怎么假冒弗劳迪山教授和伯顿斯寡妇的。

"小伙子们，不要匆忙。"斯皮沃有气无力地说，"这里有好多金子，我可以分给你们！"

"金子根本就不属于你。"伯特说，"我们要把你押回甘蓝城，举行一场正式的审判。"

第64章

又见丰饶角

　　从前，有一个小国家叫丰饶角，统治它的是一批新当选的顾问和一位首相，我写这个故事的时候，那位首相名叫戈登·古德菲。古德菲被丰饶角的老百姓一致推选为首相，因为他是一个非常诚实的人，而丰饶角这个国家深深懂得了说真话的重要。当古德菲首相宣布要跟艾斯兰达小姐结婚时，全国都举办了庆祝活动，艾斯兰达小姐是一位善良而勇敢的女士，她提供了审判斯皮沃爵爷的重要证据。

　　国王接受了审讯，因为他听任这个幸福的小王国被逼到毁灭和绝望的境地，同时受审的还有首席顾问，以及一大批从斯皮沃的谎言中获利的其他人，包括甘特大娘、打手约翰、男仆坎科比和奥托·斯克伦波。

　　审讯中，国王从头哭到尾，斯皮沃爵爷却用冷漠而傲慢的声音回答讯问，他说了一大堆的谎话，想把自己的恶行转嫁给其他许多人，结果只使得自己的处境更加糟糕，他还不如像弗雷德那样哭哭啼啼呢。他们两跟其他罪犯一起，被关进了王宫下面的地牢里。

顺便说一句，如果你希望伯特和罗德里克把斯皮沃一枪打死，我也很能理解。毕竟，他害死了好几百条人命。不过，斯皮沃其实宁愿死个痛快，也不愿整日整夜坐在地牢里，吃着粗茶淡饭，盖着粗布被子，还不得不忍受弗雷德国王接连好几小时的哭泣，你知道了这点，应该感到比较解恨了吧。

被斯皮沃和弗拉蓬偷走的金子找回来了，于是，那些失去了奶酪铺、面包房、奶品店、养猪场、肉铺和葡萄园的人们，又开始制作远近闻名的丰饶角美食和美酒了。

然而，因为丰饶角的长期贫困，许多人错失了学习做奶酪、香肠、葡萄酒和糕点的机会。他们中的一些人成了图书馆员，因为艾斯兰达小姐想出一个绝妙的主意，把现在派不上用场的孤儿院都改造成了图书馆，她帮助提供藏书。可是，仍然有大批的人没有工作。

就这样，丰饶角的第五座大城市应运而生了。这座城市叫伊卡比，位于美酪城和酒香城之间，在飞流河的岸边。

第二个伊卡宝宝听说许多人没有学会一门手艺，就腼腆地提出它可以教他们种蘑菇，它在这方面特别擅长。那些种蘑菇的人干得非常成功，后来他们周围就兴起了一座繁荣的城市。

你可能认为自己不喜欢吃蘑菇，但我向你保证，你只要尝一口伊卡比的奶油蘑菇汤，就会一辈子爱上它们的。美酪城和男爵城发明了用伊卡比蘑菇做的新菜肴。不瞒你说，就在古德菲首相迎娶艾斯兰达小姐之前不久，普里塔的国王还提出让古

就这样，丰饶角的第五座大城市应运而生了。

这座城市叫伊卡比，位于美酪城和酒香城之间，在飞流河的岸边。

陶泽伟　11岁

德菲挑选他的一个女儿做妻子，条件是给他提供一整年的丰饶角猪肉蘑菇肠。古德菲首相把香肠作为礼物送了过去，同时邀请对方来参加古德菲夫妇的婚礼，艾斯兰达小姐还附了一句话，建议普菲里奥国王不要再用自己的女儿换美食了，而应该让她们自己挑选丈夫。

伊卡比是一座很不寻常的城市，它跟甘蓝城、美酪城、男爵城和酒香城都不一样，它出名的产品不止一种，而是三种。

首先是它的蘑菇，每个蘑菇都像珍珠一样漂亮。

第二是渔民们在飞流河里捕到的银光闪闪的鲑鱼和鳟鱼——不妨告诉你吧，在伊卡比的一个广场上，骄傲地竖立着一位老妇人的塑像，她是专门研究飞流河鱼类的。

第三是伊卡比生产的羊毛。

事情是这样的，古德菲首相认为，为数不多的沼泽乡人熬过了这么长时间的饥荒，应该得到比北边沼泽地更丰美的牧场来放羊。结果，沼泽乡人拿到飞流河岸边几块肥沃的草地之后，表现出了他们真正的实力。丰饶角的羊毛是世界上最柔软、最丝滑的羊毛，用它们制作出来的毛衣和袜子，比你在别的地方能找到的都更漂亮、更舒服。海蒂·霍普金斯家的牧场出产的羊毛最优质，但我必须说一句，最最精美的服装是用罗德里克和玛莎·罗奇家的羊毛纺制出来的，他们在伊卡比城的外围有一座兴旺发达的农场。是的，罗德里克和玛莎结婚了，说来真是令人高兴，他们过得很幸福，生了五个孩子，而且罗德里克说话开始带有一点儿沼泽乡口音了。

还有两个人也结婚了。我很欣慰地告诉你，比米希太太和多夫泰先生这一对老朋友在逃出地牢之后，不再被迫住在彼此的隔壁，却发现他们谁也离不开谁了。于是，伯特当首席伴郎，黛西当首席伴娘，木匠和糕点师结婚了，伯特和黛西这么多年来一直情同兄妹，现在真的成了兄妹。比米希太太在甘蓝城的中心开了一家自己的美味糕点铺，除了"仙女的摇篮""少女的梦想""公爵的喜悦""浮华的幻想"和"天堂的希望"之外，她还发明了"伊卡泡芙"，那是你能想象出的最轻软、最蓬松的一款甜品，上面覆盖着一层精致的薄荷巧克力碎屑，那样子就像全身布满了沼泽地野草一样。

伯特追随他爸爸的脚步，加入了丰饶角军队。他这样一个正直而勇敢的男人，即使最后当上军队大统帅我也丝毫不感到奇怪。

黛西成了世界上最权威的伊卡狷格研究专家。她写了许多本书介绍伊卡狷格的神奇习性，正是因为黛西，伊卡狷格得到了丰饶角人民的保护和热爱。黛西利用空闲的时间，和她爸爸一起开了一家成功的木工坊，他们最受欢迎的一款产品就是伊卡狷格玩偶。第二个伊卡宝宝住在国王以前的鹿园里，离黛西的木工坊很近，他们一直都是非常好的朋友。

甘蓝城的中心建了一座展览馆，每年都吸引来许多参观者。这个展览馆是古德菲首相及其顾问在黛西、伯特、玛莎和罗德里克的帮助下建立的，因为谁都不希望丰饶角的人民忘记那些年国家是怎样轻信斯皮沃的所有谎言的。来展览馆参观的人们可以看到比米希少校的银勋章，勋章里还嵌着弗拉蓬射出的那颗子弹；人们还可以看到诺比·伯顿斯的雕像，它被挪出了甘蓝城最大的广场，那里取而代之的是另一座雕像：那个拿着雪花莲走出沼泽乡的勇敢的伊卡狛格，它的行为拯救了整个国家，也拯救了伊卡狛格种族。参观者们还能看到斯皮沃用公牛骨架和一些钉子做出的伊卡狛格标本，以及国王弗雷德勇斗伊卡狛格的巨幅画像，画像上的伊卡狛格是龙的形状，是画家的头脑里想象出来的。

不过，有一个人物我还没有提及：第一个伊卡宝宝，那个杀死了弗拉蓬爵爷的野蛮怪物。自从它被许多壮汉拖走之后，我们就再也没有见过它。

唉，说实在的，这家伙确实有点麻烦。黛西向大家解释过，千万不能攻击或虐待这个野蛮的伊卡宝宝，不然会增加它对人类的仇恨。那就意味着它在诞养的时候，会生出比它自己还要野蛮的伊卡宝宝，丰饶角可能就会真的遭遇斯皮沃谎称的那种灾难了。一开始，需要把这个伊卡宝宝关在加固的铁笼里，防止它出来害人，但是很难找到自愿给它送蘑菇的人，这件事实在太危险了。这个伊卡宝宝稍微有点喜欢的人只有伯特和罗德里克，因为在它诞养的那一刻，他们俩曾拼命保护过它的伊卡尔。问题是伯特在外面当兵，罗德里克在办牧场，他们谁也没有时间整天陪一个野蛮的伊卡宝宝坐着，让它保持情绪平稳。

这个难题终于得到了解决，而且解决的方式非常令人意外。

那个时候，弗雷德整天在地牢里哭个不停。弗雷德自私、虚荣、胆小，这是不用说的，但是他并没有故意伤害任何人——当然啦，他害了人，而且害得不浅。失去王位后整整一年，弗雷德都沉浸在最黑暗的绝望中，其中一部分原因当然是他被关进了地牢，不再生活在王宫里，但同时他也感到深深的自责。

他看清了自己是一个多么糟糕的国王，他过去的行为是多么差劲，他打心眼里想改过自新。因此有一天，弗雷德对典狱长说，他愿意去照顾那个野蛮的伊卡宝宝，这让坐在对面牢房里发呆的斯皮沃大吃一惊。

于是弗雷德去了。在第一天早晨和接下来的许多个早晨，这位下台的国王虽然面如死灰、膝盖发抖，但还是走进了野蛮的伊卡宝宝的铁笼，跟它谈起了丰饶角，谈起了他犯下的可怕错误。他还说只要真心向善，就能学会做一个善良的好人。弗雷德每天晚上都必须回到自己的牢房，但他请求不要把伊卡宝宝关在笼子里，而应该把它放到一片美丽的牧场上。大家惊讶地发现这一招果然管用，第二天早晨，伊卡宝宝甚至还用粗硬的嗓音向弗雷德表示了感谢。

在接下来的几个月甚至几年里，慢慢地，弗雷德的胆子越来越大，伊卡宝宝的性格越来越温和。最后，弗雷德已经成为一个老人，伊卡宝宝的诞养时刻来临了，从它肚子里出来的伊卡宝宝都很善良、温和。弗雷德为伊卡尔的离去感到忧伤，就好像那是他的兄弟，这之后不久他便离世了。丰饶角的几座城市都没有给最后这位国王竖立雕像，但人们偶尔会在弗雷德的墓前献花，如果他在天有灵，知道了肯定会感到欣慰的。

人类真的是伊卡狛格诞养出来的吗？我没法告诉你。也许，我们的任何改变，无论变好还是变坏，都是在经历某种诞养。我只知道国家和伊卡狛格一样，可以因善良而变得温和；就是因为这个，丰饶角王国从此过上了幸福的生活。

在此感谢以下读者提供的精彩插图：